小学生看世界名著

有这些作品！

日本学研◎编　　韩　涛◎译

北京科学技术出版社

100层童书馆

目 录

01 我是猫

故事的叙述者是一只喜欢观察人类的猫。它曾经无法理解人类社会，却在观察人类生活的过程中逐渐理解了人类社会。

作品简介

"咱家是猫。名字嘛，还没有。你问我在哪里出生的？压根儿就搞不清！"这段文字是夏目漱石的处女作——长篇小说《我是猫》的开篇语。

起初，夏目漱石只想写一部短篇小说，但《我是猫》发表后在读者中引起了热烈反响，因此他决定继续在杂志上连载，最终将这部小说写了十一章。

据说，以"咱家"自称的这只猫，就是作者夏目漱石养的猫。而猫的主人珍野苦沙弥的原型，就是夏目漱石本人。

这部小说的特色是通过猫的视角，极尽讽刺地描写了人类的滑稽与愚蠢。

故事梗概

故事的叙述者是一只公猫，它出生后不久便遭遗弃，后来几经周折，来到英语教师珍野苦沙弥的家中，成了家猫，却一直没有名字。

"咱家"只是表示第一人称的代词，并非猫的名字。以"咱家"自称的这只猫在珍野苦沙弥家中遇见了形形色色的人。起初，猫十分轻视这群怪人。但在观察他们的过程中，猫开始渐渐理解这些人，并悟出了一些耐人寻味的道理。

精彩之处

小说以一只自称"咱家"的猫的视角来观察人类，能够让我们重新审视生活中司空见惯的事物，并从中获得全新的启示。

譬如，人类虽然有四肢，但走路时只用到两条腿。猫说这简直就是"浪费"。在猫看来，人类做事效率极低且不可思议。

小说包含了很多"看似理所当然，实则不然"的富有哲理的内容，能够让读者体悟到从不同角度看待事物的乐趣和必要性。

作者 …… 夏目漱石

国家 …… 日本

发表时间 …… 1905年

迷亭
戴着金丝边眼镜的美学家。经常到珍野苦沙弥家中拜访，总是一本正经地胡说八道。

珍野苦沙弥
猫的主人。中学英语教师。性情古怪乖僻，有点儿神经质。

水岛寒月
物理学家，曾经是珍野苦沙弥的学生。擅长拉小提琴。

《我是猫》中的珍野苦沙弥也做过同样的事情……

好脏!

对了，据说《我是猫》的主人公——珍野苦沙弥的原型就是夏目漱石本人。夏目漱石在写作时有这样一个习惯，他会拔下自己的鼻毛，将它们排列在稿纸上……

当时，夏目漱石养的是一只毛色偏黑的猫，平时就以"猫"唤之。可夏目漱石却说自己喜欢狗。

话虽如此，据说"猫"死的时候，他还是叫上好友为"猫"举办了一场葬礼……

这是一部描写以珍野苦沙弥为代表的人的奇妙生活状态的小说。

小说的叙述者就是自称"咱家"的一只猫。

真叫人头痛……

迷亭总是捉弄别人。

什么？卖光了？那太遗憾啦……

难道不能想办法弄两盘给我们品尝吗？

来两份擀面杖。

对，就是擀面杖。

荞麦

迷亭在饭店里恶作剧，点了一道根本不存在的菜，服务员面露难色："真不凑巧，这道菜已经卖光了。"每每提起这件事，迷亭都感到十分得意。

对了，这家人在"咱家"被年糕噎住嗓子眼儿的时候，居然还哈哈大笑。

看，猫在跳舞

太没有同情心了！

苦沙弥

迷亭

寒月

小不点儿

静子

敦子

$$W = T_1 \sin\alpha_1 = T_2 \sin\alpha_2$$

年轻的物理学家水岛寒月曾经是珍野苦沙弥的学生，如今也常来苦沙弥家做客。这家伙也是个怪人，竟然在研究"上吊的力学"。

这人太奇怪了……

好可爱呀！

但有时，"咱家"也会趁她们不注意，从后面扑过去吓唬她们！

喵……

猫最怕的就是珍野苦沙弥的三个女儿。

02

银河铁道之夜

这部作品是日本著名童话作家兼诗人宫泽贤治的代表作，讲述了一个男孩在梦中与好友相遇，一起乘坐银河铁道列车开始天国之旅的故事。

国家 …… 日本

作者 …… 宫泽贤治

成书时间 …… 1934年（出版于作者去世后）

作品简介 这是一部充满幻想色彩的作品，同时具有深刻的哲学内涵，比如，书中这样写道，"一个人如果做了真正的好事，就会得到最大的幸福"。这还是一部未完成的作品。宫泽贤治是一位习惯对完成的初稿进行反复加工、修改的作家。但《银河铁道之夜》的改写还未完成他就与世长辞了，因此书稿留下了些许遗憾。

作者简介 宫泽贤治不仅是一位童话作家，他涉猎的领域还非常广泛。例如，他酷爱收集矿石，在地质学方面造诣颇深，还是音乐爱好者。他所擅长的这些在《银河铁道之夜》中都有充分的体现。

故事梗概 在自然科学课上，老师问焦班尼："银河是由什么组成的？"焦班尼明明知道答案是星星，却怎么也答不上来。下一个被老师点名的是焦班尼的好朋友柯贝内拉，他知道答案却故意不回答。在半人马星节之夜，焦班尼无意中坐上了银河铁道列车，与好友柯贝内拉开始了一段奇妙的银河之旅。

精彩之处 焦班尼和柯贝内拉对彼此的关爱，诠释了什么是理想的友情。他们互相坦承自身弱点的场面也十分感人。

两个少年在银河铁道列车上还邂逅了形形色色的乘客。关于人应该怎样活着等重要的人生命题，宫泽贤治用细腻温润的笔触阐释了他的思考。

华丽的背景描写也是这部作品的一大看点。透过银河铁道列车的车窗，可以看到璀璨的银河、水晶堆成的河滩、如红宝石般闪耀着的天蝎之火……这部作品可以使读者在阅读的过程中放飞想象，令人产生在浩瀚的银河里恣意遨游之感。

柯贝内拉
焦班尼的好朋友，一个高个子的聪慧少年。他的父亲是博士。在焦班尼开始打工后，也许是为了不伤害焦班尼的自尊心，他跟焦班尼没怎么说过话。

焦班尼
主人公。他的父亲长年在外捕鱼，母亲疾病缠身。他一边上学，一边在印刷厂打工。他心地善良、孝敬父母，却十分孤独。

由于父亲长年在外捕鱼，为了供养卧病在床的母亲，焦班尼一边上学，一边在印刷厂打工。

你爸爸说，下次给你带皮外套回来。

焦班尼，你的皮外套来啦！

总是朝笑他。扎内利等同学

水晶、黄宝石、闪着青白色光芒的刚玉、黑曜石、月光石……宫泽贤治的作品中出现了许多与自然科学有关的事物。他在地质学方面的积累，从作品中对矿石梦幻般的描写可见一斑。

不要碰坏那些凸起的地方！

天鹅站 新世海岸

在半人马星节之夜，焦班尼和柯贝内拉无意间上了银河铁道列车。

大家都尽全力追了，可还是晚了一步。

《银河铁道之夜》还被改编成漫画和动画片等，这使它的趣味性更强了。

如果角色是猫咪的话……

两个人经历了一次不可思议的旅行，邂逅了形形色色的人。

怎么样，来点儿尝尝吧？

这比巧克力还好吃！

鸟腿……

吧唧

吧唧

捕鸟人

以捕捉栖息在银河岸边的鸟类为生。

透过车窗，可以看到银河对岸的原野上燃起了熊熊烈火。那火焰比宝石还鲜艳通透，比烟花还明亮耀眼。那就是天蝎之火。

灯塔看守人

你是第一次见到这种苹果吧？

乘务员

请出示您的车票。

我……我没有车票

你在说什么？

我愿意像那只蝎子一样，只要能给他人带来真正的幸福，就算焚烧我的身体千百遍也在所不惜。

嗯，我也是。

从前，有一只以吃小虫子为生的蝎子。有一天，它在被黄鼠狼追赶的时候不慎掉到了井里。蝎子悔恨地想："尽管不知道自己夺走过多少条生命，但是面临危险时还是会忍不住拼命地逃。如果就这样淹死，还不如让黄鼠狼吃掉。"蝎子向神明祈祷：要为他人的幸福献上生命。于是，它变成一团红通通的火焰，照亮了夜空。

我知道天蝎之火的故事，爸爸给我讲过！

我要是不坐船就好了……

已经没有什么事情值得我们悲伤了。

小正

黑衣青年

小薰

列车快到天鹅站时，上来三名乘客。

焦班尼说，不管到哪里两个人都要在一起。柯贝内拉却……列车驶向了终点站……

011

03

奔跑吧，梅勒斯

这部小说是日本著名作家太宰治最负盛名的作品之一，讲述了主人公为了信守与朋友的约定，克服重重困难，最终履行诺言的故事，让读者感受到了信义的力量。

作者：太宰治

国家：日本

发表时间：1940年

创作背景

太宰治创作这部作品时，大病初愈。再次步入婚姻殿堂的太宰治重拾写作热情，发表了大量的作品。这一时期太宰治的作品大多关注人性之善，内容积极向上。这部作品也不例外，塑造了众多讲信义、重情义、具有强烈正义感的人物。

作者简介

太宰治是一位活跃于20世纪三四十年代的日本作家。他生于大地主家庭，因父亲事务繁忙、母亲体弱多病，在保姆和姑母的抚养下长大。太宰治从小就才华横溢，喜欢读各类小说。但偶像芥川龙之介的去世给太宰治造成了很大的打击，此后他终日颓废，萎靡不振。而《奔跑吧，梅勒斯》是他告别早期颓废叛逆风格的一部作品，因此别具一格。

故事梗概

梅勒斯刺杀暴君未遂，被判处死刑。因妹妹的婚礼在即，梅勒斯向国王请求缓刑三日，并表示如果三天内他没有如约回来赴死，他的好友塞利奴提乌斯将代替他接受刑罚。那么梅勒斯能否遵守诺言，令不信任臣民的国王感受到信义的力量呢？

精彩之处

梅勒斯在赶回来解救塞利奴提乌斯的途中，内心产生了激烈的思想斗争。对于这种内心的挣扎，读者很容易产生共鸣：如果遵守和朋友的约定回到都城，虽然朋友获救，但自己会被处以死刑；可如果背弃诺言，虽然自己性命无忧，朋友却会被处死。如果你是梅勒斯，你会如何选择？希望大家带着这个问题阅读这部小说。此外，梅勒斯和塞利奴提乌斯的友谊也是看点之一。正因为相互信赖，才能用生命做出承诺，二人如此深厚的友情令人感动不已。

梅勒斯

村庄里的牧羊人。疾恶如仇，具有强烈的正义感。和性格腼腆的妹妹相依为命。为了筹备妹妹的婚礼进城买东西。

塞利奴提乌斯

梅勒斯的挚友，在城里做石匠。当梅勒斯有难时，二话不说便答应梅勒斯留下来做人质。一直等待梅勒斯归来。

等我回来，塞利奴提乌斯！

我不相信任何人！

梅勒斯，我相信你！

我会信守和你的约定！

国王滥杀无辜，梅勒斯十分愤怒，于是携带匕首潜入都城，结果被捕。

梅勒斯奔跑的单程距离约40千米。

梅勒斯和留在都城做人质的塞利奴提乌斯约定，自己一定会按时回来。

为了参加妹妹的婚礼，梅勒斯火速赶回自己的村庄。

见证妹妹的婚礼

梅勒斯的村庄

去程

归程

都城

游过涨水的河流

梅勒斯克服重重困难，最终履行了自己的诺言，与塞利奴提乌斯按时相见。

饮过泉水后再次踏上征途。

筋疲力尽的梅勒斯倒在地上，

击败山贼

这部作品是我身心都还康健时写的，讲述的是一个人性至善的故事！

世界名著地图

作品中故事的发生地在何处？

名著中各个故事的发生地都不相同。把这些地点放在同一张地图里，或许会有意想不到的有趣发现！

英国／伦敦

《随风而来的玛丽阿姨》中，雇用玛丽照顾孩子的班克斯家住在樱桃树巷 17 号。

法国／巴黎

《三个火枪手》的主人公达达尼安来到这里参军。

意大利／维罗纳

《罗密欧与朱丽叶》中，蒙太古和凯普莱特两大敌对家族生活在这里。

意大利／锡拉库萨

《奔跑吧，梅勒斯》中，这里是都城。梅勒斯为了给妹妹购买婚服来到这里。

印度

《查理和巧克力工厂》中，旺卡在这里建造了一座巨大的巧克力工厂。

中国／五行山

《西游记》中，孙悟空因闯下大祸受到惩罚，被压在五行山下。

斯里兰卡

《海底两万里》中，内莫船长在海底的洞窟中培育巨大的珍珠。

西班牙／拉曼查

《堂吉诃德》中，沉迷于骑士小说的主人公居住在这里。

伊拉克

《一千零一夜》中，山鲁佐德每晚都给国王讲一个精彩的故事。

撒哈拉沙漠

《小王子》中，主人公"我"所驾驶的飞机被迫降落在这里。

中国

《三国演义》中，曹操、刘备、孙权各自领兵，形成三足鼎立之势。

日本 / 东京

《我是猫》的主人公——猫"咱家"和它的主人珍野苦沙弥生活在这里。

日本 / 千叶

《八犬传》中，名为八房的狗和伏姬一同住进了这里的山洞。

日本 / 爱媛

《哥儿》的主人公在这里担任数学教师。

中国 / 梁山泊

《水浒传》中，为了打倒做尽坏事的贪官污吏，108 位英雄好汉聚义于此。

新西兰 / 奥克兰

《十五少年漂流记》中，在经历漂流之前，少年们在这里的一所学校上学。

美国 / 堪萨斯州

《绿野仙踪》中，多萝西连同小木屋一起，被一阵威力无比的龙卷风刮到了奥兹国。

美国 / 纽约

《了不起的盖茨比》中，大富豪盖茨比正在开奢华无比的派对。

加拿大 / 爱德华王子岛

《绿山墙的安妮》中，孤儿院里的安妮被一户人家收养，来到了一个村庄。

美国 / 纽约

《长腿叔叔》中，主人公朱迪初次与帮助自己的"长腿叔叔"见面。

美国 / 密苏里州

《汤姆·索亚历险记》中的故事发生在作者虚构的圣彼得堡镇。

美国 / 宾夕法尼亚州

《麦田里的守望者》中，将主人公霍尔顿开除的学校在这里。

世界名著地图

通过时间表了解名著的时代背景

名著是在什么样的社会和文化背景中诞生的呢？那时有汽车吗？有手机吗？看完这里的时间表再去读名著，你能体会到时代的变迁。

作品及诞生的时间

《一千零一夜》

8世纪

《罗密欧与朱丽叶》

约1595年

《堂吉诃德》

1605年

900年 🕌   👭 1600年 🐎

历史事件或新发明

1571年
勒班陀海战
《堂吉诃德》的作者塞万提斯年轻时参加过这场战役。

1609年

伽利略式望远镜问世

《小妇人》

1868年

《海底两万里》
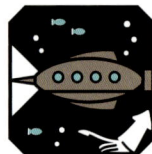
1869年

《佛兰德斯的狗》

1872年

1872年
日本开通第一条铁路

《格列佛游记》

1726年

《美女与野兽》

1756年

《八犬传》

1814年

《三个火枪手》

1844年

《悲惨世界》

1862年

1700年　1800年

1769年

世界上第一辆蒸汽汽车问世

1830年

法国七月革命

《汤姆·索亚历险记》

1876年

《海蒂》

1881年

《金银岛》

1883年

《十五少年漂流记》

1888年

《萨拉·克鲁》
（《小公主》前身）

1888年

1876年

亚历山大·贝尔
取得电话机的专利

1879年

爱迪生
发明白炽灯

1895年

吕米埃兄弟放映了世界上
第一部电影纪录片

《绿野仙踪》

1900年

《我是猫》

1905年

《哥儿》

1906年

《尼尔斯骑鹅旅行记》

1907年

《绿山墙的安妮》

1908年

1900年
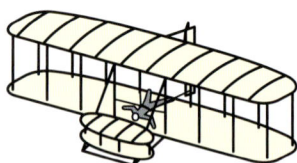

⑩

1903年

1904年

莱特兄弟完成世界上
第一次载人飞行

技术更先进的
蒸汽汽车问世

《奔跑吧，梅勒斯》

1940年

《小王子》

1943年

《长袜子皮皮》

1945年

《两个小洛特》

1949年

《纳尼亚传奇》

1950年

⑩ 40

⑩ 50

1939年
第二次世界大战爆发

《小王子》的作者圣埃
克苏佩里从军参战，
1944 年他驾驶的飞机
在地中海上空被击落。

1945年
世界反法西斯战争胜利

1953年

日本第一次
播出电视节目

《长腿叔叔》

1912年

《杜利特医生非洲历险记》

1920年

《了不起的盖茨比》

1925年

《随风而来的玛丽阿姨》

1934年

《银河铁道之夜》

1934年

20

30

1914年

第一次世界大战爆发

《了不起的盖茨比》中，盖茨比就是因为参加一战而失去了恋人黛西。

1920年

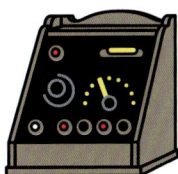

世界上第一家无线电广播电台诞生

1929年

世界经济大萧条

《麦田里的守望者》
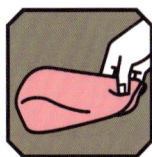
1951年

《二十四只眼睛》

1951年

《查理和巧克力工厂》

1964年

《毛毛》

1973年

"哈利·波特"系列

1997年

60

70

1964年

日本东海道新干线开通

1969年

阿波罗11号实现了人类历史上首次登月

1985年

第一部便携肩背式电话问世

2000年

带拍照功能的手机问世

进入21世纪后，手机功能日臻丰富。

一千零一夜

这部作品收集了自古以来流传在阿拉伯各国的民间故事。或许在阿拉伯国家的大街小巷，每晚都有人声情并茂地讲述书中的故事吧。

作品简介 《一千零一夜》是一部古代阿拉伯民间故事集，也融合了印度、希腊、埃及等地的故事。这些故事被人们口口相传，作品问世后一直广受读者喜爱，为我们了解阿拉伯文化打开了一扇窗。

故事梗概 相传，古代波斯有位国王，因王后行为不端，他不再信任任何女性。他每天娶一名年轻女子，第二天再将其杀掉，如此反复。大臣的女儿山鲁佐德嫁给国王后，给国王讲故事，讲到精彩的地方故意停下来，留下悬念。为了知道故事的结局，国王只好不杀她，命她后一晚接着讲。就这样，山鲁佐德一共讲了一千零一夜，终于使国王意识到自己的暴行。

精彩之处 《辛巴达航海历险记》讲述了大富商辛巴达征服七海的故事。故事中各种怪物接二连三地出现，给人以惊险刺激的体验。那时的阿拉伯人心中都有个航海梦吧！

《阿拉丁和神灯》中贫穷的阿拉丁拥有神灯后过上了幸福的生活。精彩的故事情节引人入胜。

《阿里巴巴与四十大盗》中，主人公阿里巴巴发挥聪明才智与强盗斗智斗勇的情节令人拍手叫好，女仆马尔吉娜的聪明伶俐也让人目瞪口呆。

辛巴达
巴格达的一名商人。因为向往充实的生活而出海。在海上历经种种磨难之后，带回许多金银财宝。

阿拉丁
原本一贫如洗，和母亲相依为命。自从意外地拥有神灯后，过上了幸福的生活。

阿里巴巴
靠砍柴养家糊口的樵夫，与家人感情深厚，敢于与盗贼斗智斗勇。

阿拉丁和神灯

主人！

请救我出去吧……

被魔法师欺骗，手里拿着神灯的阿拉丁

我是能够实现你所有愿望的灯神。

嘻嘻嘻

啊!!

只要擦一下灯……

阿拉丁一夜暴富……

神奇的飞毯

你们把世界上最稀奇的珍宝带来！

他们带来的珍宝是……

三位王子都想讨得公主的欢心。

最后胜出的会是谁呢？

王

阿里巴巴与四十大盗

藏藏藏藏藏

一天，阿里巴巴偶然发现了盗贼藏宝的地方。

芝麻，开门！

哥哥在藏宝的地方被杀，阿里巴巴也被盗贼盯上。在仆人的帮助下，阿里巴巴会怎样解决危机呢？

辛巴达航海历险记

呀！

被怪鸟带着飞起来

被埋在坟墓里

遭遇了各种各样的意外……

看上去威风凛凛，其实很懦弱……

大富商辛巴达讲述了自己年轻时征服七海的故事。

呜呼！

会如何呢？

辛巴达的命运将……

啊！

小岛其实是一头鲸……

因为山鲁佐德给国王讲了一千零一夜的故事，所以这部故事集被称为《一千零一夜》。

为了不被国王杀掉，山鲁佐德每晚都给国王讲一个故事。

《一千零一夜》中的故事由人们口口相传，所以这部作品没有具体的作者。18世纪时法国人安托万·加朗将这些故事翻译成法语，使之闻名于世。

☆专栏☆

18世纪初，安托万·加朗首次将《一千零一夜》译成法文，此后欧洲出现了各种语言的版本。《一千零一夜》轰动欧洲，掀起了"东方热"。

05

罗密欧与朱丽叶

这部作品描写了家族之间有世仇的一对青年男女的凄美爱情，是爱情悲剧的代名词，曾被改编成电影、歌剧、芭蕾舞剧等。

朱丽叶
凯普莱特家的独生女，天生丽质。向罗密欧提出结婚的建议，富有行动力。

罗密欧
蒙太古家的独生子。英俊潇洒，是维罗纳首屈一指的美男子。品性方正，很有人缘。头脑聪明，是个浪漫主义者。

作者	国家	创作时间
莎士比亚	英国	1595年前后

作品简介
这部作品描写了一对年轻恋人短暂而凄美的爱情。他们的家族有世仇，他们两人却陷入情网。两人之间的甜蜜情话，有很多已成为经典对白。

作者简介
莎士比亚以敏锐的洞察力和细腻的心理描写见长，是世界上最杰出的剧作家之一。主要作品有"四大悲剧"以及《威尼斯商人》《仲夏夜之梦》等。

故事梗概
故事发生在14世纪的意大利维罗纳。蒙太古和凯普莱特家族世代为仇。有一天，蒙太古家的独生子罗密欧戴上面具，跟着朋友悄悄来到凯普莱特家的宴会。在宴会上，罗密欧与凯普莱特家的独生女朱丽叶相遇，两人一见钟情。修道院的神父想化解两家的矛盾，在他的见证下，二人结成了夫妻，但是……

精彩之处
《罗密欧与朱丽叶》是一部戏剧，角色之间的互动通过台词来实现。例如朱丽叶的经典台词"罗密欧啊！为什么你偏偏是罗密欧呢？"，就淋漓尽致地表达了两情相悦却因家族世仇不能结合的悲痛心情。找到并记住自己喜欢的台词是欣赏这部作品的一种方式。

一见钟情的罗密欧与朱丽叶短短五天的爱情故事……

凯普莱特家族

蒙太古家族

故事发生在14世纪。

罗密欧与朱丽叶是敌对的两大家族的后代。

相当于中国的明代！喵……

朱丽叶此时还是个少女。

罗密欧服毒自尽，真是太孩子气了。

罗密欧和朱丽叶最终会怎样呢？

两大家族世代为仇。

故事发生在意大利的维罗纳。

罗密欧有很多充满诗意的情话。

我借着爱的轻翼飞过院墙，

我也但愿这样。

我但愿我是你的鸟儿。

砖石的墙垣如何能将爱情阻隔？

原作是为了舞台表演创作的。

哎呀！我的脑子……

都是这个家伙的错。

很多作品改编自这个故事。

罗密欧的好友茂丘西奥

作为一部经典悲剧作品，《罗密欧与朱丽叶》并未被列入莎士比亚的"四大悲剧"。这或许与作品中有很多文字游戏有关？

取材于这部作品的艺术作品太多了……

美国百老汇音乐剧《西城故事》：不幸成为帮派斗争牺牲品的青年男女短短两天的爱情故事。

四大悲剧
- ●《奥赛罗》
- ●《哈姆雷特》
- ●《李尔王》
- ●《麦克白》

心理学用语"罗密欧与朱丽叶效应"指遇到的困难越多，想要克服困难、实现目标的愿望就越强烈的心理现象。

莱昂纳多·迪卡普里奥曾在电影中饰演罗密欧这一角色。

莎士比亚（1564—1616）

爱讲冷笑话

023

06

堂吉诃德

「堂吉诃德」如今已成为脱离现实、自以为是的理想主义者的代名词。

堂吉诃德坚信自己是骑士，他把风车当成巨人并冲锋陷阵的情节十分有名。

作品简介　这部作品运用了多种小说写作技巧，被视为西方文学史上的第一部现代小说，是世界文学的瑰宝。

作者简介　西班牙作家塞万提斯一生不得志。他在战争中受了伤，又在归国途中被俘。后来虽得以回国，但始终生活困顿、负债累累，还多次遭受牢狱之灾。《堂吉诃德》就是他在狱中构思的。可以说这部作品反映了塞万提斯自己的人生和西班牙的历史。

故事梗概　西班牙拉曼查地区有这样一位乡村绅士，他读骑士小说走火入魔，也想成为一名游历四方的骑士，锄强扶弱、主持正义。他给自己的瘦马起名"驽骏难得"，自称"堂吉诃德·台·拉曼查"，开始了改造世界之旅……

精彩之处　这部作品的有趣之处不仅在于堂吉诃德举止滑稽可笑，还在于侍从桑丘与堂吉诃德形成鲜明对比。二人在游历途中，主仆关系渐渐发生了变化。桑丘虽然老实愚钝，但偶尔也会说出一些意味深长的警句。

作者：塞万提斯
国家：西班牙
成书时间：上部1605年，下部1615年

桑丘
住在堂吉诃德家附近的农夫，后成为堂吉诃德游历途中的侍从。为人正直，但傻里傻气。

堂吉诃德
本名阿隆索·吉哈诺，年近五十，坚信自己是富有传奇色彩的骑士。

驽骏难得
堂吉诃德在踏上旅途前挑选的一匹瘦得皮包骨的马。这个名字是堂吉诃德花了四天时间才想出来的。

他们不管遇到什么事情，都把这些幻想成骑士小说中的情节，结果惹了不少麻烦。

把自己变成游历四方的骑士，开始改造世界之旅！

沉迷于骑士小说

噢噢噢噢噢！

阿隆索·吉哈诺

把平常的风车当成……

出发，驽骍难得！

巨人！！

咚

冲锋！

啊？！

堂吉诃德

原本是被村民称为"善人"的正经人。

桑丘

堂吉诃德承诺："我如果能征服海岛，就让你做海岛总督。"桑丘因此做了他的侍从，与他一同旅行。

有人认为，在大战风车这一情节中，堂吉诃德象征西班牙，风车象征荷兰，堂吉诃德输给风车预示了荷兰独立战争（1568—1648）的结局。

把羊群当成……

交战的军队！！

把村子里寻常百姓家的女孩们当成……

是……是杜尔西内亚小姐和侍女吗？

怦然心动！

?

???

虽然二人不断惹出麻烦，也越来越狼狈，但改造世界的旅行仍在继续……

等等我……堂吉诃德大人！

《堂吉诃德》的作者是西班牙作家塞万提斯。上部出版于1605年，下部出版于1615年。

《堂吉诃德》上部出版后广受欢迎。1614年一个自称阿韦利亚内达的人擅自出版了一部续篇。据说这位伪书作家其实是和塞万提斯一同在战争中被俘的人。

接下来，堂吉诃德会怎样呢？

著名音乐剧《梦幻骑士》就是根据这部作品改编而成的。

通过谱系图看希腊神话

故事的起源在这里

专栏

希腊神话讲述的是诸神与英雄的故事。让我们通过众神的谱系图，梳理一下他们的关系吧。

《奔跑吧，梅勒斯》

一个名叫梅勒斯的青年向最高神宙斯祈祷："请让我以一个正直者的身份赴死吧。"

乌剌诺斯 —— 该亚

瑞亚 —— 克洛诺斯 —— 谟涅摩绪涅

潘多拉 —— 厄庇墨透斯

塞拉伊诺

皮拉

独眼巨人　　　百臂巨人

赫拉　波塞冬　哈得斯　得墨忒耳　赫斯提亚

阿佛洛狄忒　赫淮斯托斯　珀耳塞福涅

宙斯

阿瑞斯　　厄勒提亚　赫柏

阿尔克墨涅

达那厄

赫拉克勒斯

得摩斯　福玻斯　　哈耳摩尼亚 —— 卡德摩斯

塞玻勒

珀耳修斯

厄洛斯

狄俄倪索斯

欧罗巴

普赛克

波塞冬的公牛 —— 帕西淮 —— 弥诺斯

弥诺陶洛斯　阿里阿德涅　淮德拉

《美女与野兽》

据说《美女与野兽》是以厄洛斯与普赛克的爱情故事为原型创作的。

《神曲》

《神曲》的《地狱》篇中出现了怪物弥诺陶洛斯与三头犬刻耳柏洛斯。

得摩福翁

026

提坦神族

忒弥斯　克利俄斯　忒伊亚　许珀里翁　福柏　科俄斯　泰西斯　俄刻阿诺斯

伊阿珀托斯　克吕墨涅

墨诺提俄斯

普罗米修斯　普勒俄涅　阿特拉斯　厄俄斯　塞勒涅　赫利俄斯

勒托　阿斯忒瑞亚

丢卡利翁　迈亚　珀琉斯　忒提斯　欧律诺墨

埃俄罗斯　西西弗　阿喀琉斯　墨提斯

赫耳墨斯　阿波罗　阿耳忒弥斯

《西西弗神话》

西西弗受到神的惩罚，不得不一次又一次将同一块巨石推上山顶。加缪由西西弗的故事联想到人类的困境。

《尤利西斯》

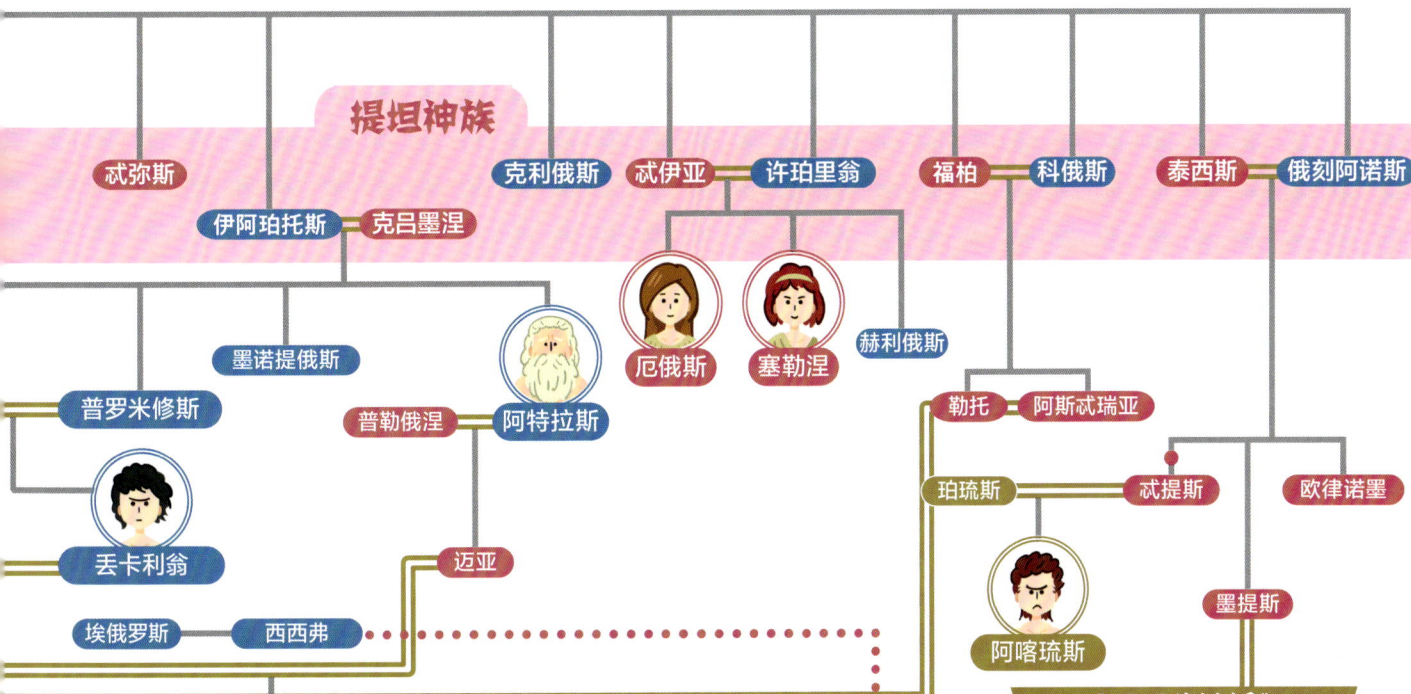

詹姆斯·乔伊斯模仿荷马的《奥德赛》的结构创作了这部作品。"尤利西斯"又译作"俄底修斯"。

雅典娜

"哈利·波特"系列

能把看到自己的人变成石头的蛇怪，其原型便是被珀耳修斯斩杀的蛇妖美杜莎。

忒修斯　希波吕忒

希波吕托斯　狄翁

奥托吕科斯　阿耳喀西俄斯

阿卡玛斯　安提克勒亚　拉厄耳忒斯

《海的女儿》

俄底修斯遇见的塞壬拥有人脸鸟身，据说她是美人鱼形象的起源。

俄底修斯　珀涅罗珀

忒勒玛科斯

希腊神话对西方文学产生了巨大的影响。例如，但丁的《神曲》中就出现了许多希腊神话中的怪物。在创作年代更晚的《美女与野兽》《海的女儿》以及"哈利·波特"系列等作品中，我们也能发现希腊神话中神怪的踪影。

但丁神曲中的『地狱』

地狱究竟是一个怎样的地方？让我们通过意大利诗人但丁的《神曲》来一窥地狱的全貌吧。惊险刺激的地狱之旅即将开始！

地狱形似一个倒置的圆锥体，但丁和维吉尔不停地向地狱的最深处行进。

第1层

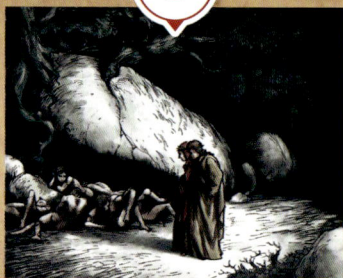

非基督教徒会坠落在此处。他们因为没有犯罪，所以无须承受严厉的惩罚。

第4层

守财奴和花钱无度的人会在这一层接受被滚落的巨石撞击的惩罚。

第6层

不听神明教诲的人会落在这一层，他们将被埋葬在燃烧着烈火的坟墓之中。

但丁构想的地狱共分为9层。死者会因为自己生前犯下的罪过被关押至不同的层级，接受惩罚。在《神曲》中，但丁在古罗马诗人维吉尔的带领下穿过地狱和死者洗刷罪过的炼狱，最终抵达了天堂。

第9层

恶魔之王路西法扇动着6只翅膀，使寒风四起，将犯下背叛之罪的人变成冰块。

第2层

等候在第2层入口的是希腊神话中的克里特之王弥诺斯，他将决定死者去往哪一层。

《神曲》中的世界

| 至高天 |
| 原动天 |
| 恒星天 |
| 土星天 |
| 木星天 |
| 火星天 |
| 太阳天 |
| 金星天 |
| 水星天 |
| 月球天 |

天堂
炼狱

地狱

耶路撒冷

第1层

第2层

第3层

第3层

犯贪吃之罪者会落到这一层，成为三头犬刻耳柏洛斯的美餐。

第4层

第5层

第5层

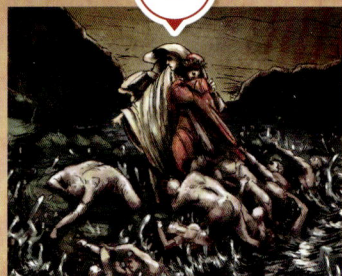

因愤怒和不满而迷失自我的人会落在这一层，他们将在斯提克斯沼泽中苦苦挣扎。

第6层

第7层

在第7层入口等候着的是牛首怪弥诺陶洛斯。

第8层

但丁和维吉尔乘坐怪兽革律翁从第7层来到第8层。

第7层

根据杀人、自杀、破坏自然等罪行，惩罚分为3个等级。犯罪者分别会在血海、烈焰、热沙中接受惩罚。

第8层

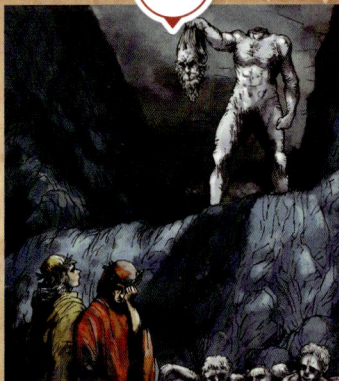

这里有10个刑场。阿谀奉承者、偷盗者和伪君子将接受各种各样的刑罚，然后被斩首。

第9层

但丁和维吉尔坐在巨人的手上来到第9层。

参考：[意]波提切利《地狱图》

07

美女与野兽

这部作品讲述了美丽聪慧的贝儿与外表恐怖但内心温柔的野兽之间的爱情故事，告诉我们什么才是人生中真正重要的东西。

作品简介 这是一个以欧洲民间故事为蓝本创作的童话故事，最初收录在博蒙夫人面向儿童出版的教育类杂志里。故事用细腻的笔触阐释了这样一个道理：人生中最重要的东西不是外在美，而是内在的温柔与美德。《美女与野兽》深受世人喜爱，还被改编成电影、动画片、音乐剧等。

作者简介 博蒙夫人生于18世纪的法国，后来去了英国。她是一位独立自强的女性，致力于儿童教育事业，创办了儿童杂志。

故事梗概 一天，贝儿的父亲遇到了可怕的野兽。为了救父亲，贝儿前往野兽的宫殿，并代替父亲留下来和野兽一起生活。日子一天天过去，野兽爱上了贝儿，最初十分害怕野兽的贝儿也渐渐被野兽的温柔所吸引。

精彩之处 为救父亲而同意与野兽生活在一起的贝儿，在与野兽相处的过程中渐渐地向野兽敞开了心扉——聪明善良的贝儿感受到了野兽内在的温柔和美德。这种情感上的变化令人印象深刻，作品对贝儿的心理进行了细腻的刻画。

国家 …… 法国
作者 …… 博蒙夫人
成书时间 …… 1756年

野兽 独自住在偌大的宫殿中。丑陋可怖的外表下藏着一颗温柔细腻的心。

贝儿的父亲 一个非常疼爱孩子的商人。为了给女儿带一朵玫瑰回家，在野兽的庭院里摘玫瑰，不料被野兽抓住。

贝儿的姐姐们 虽然外表美丽，但性格傲慢、脾气暴躁，对人见人爱的贝儿心怀嫉妒。

贝儿 美丽的主人公。喜爱读书，聪明善良。

很久以前有个商人，他家里有六个孩子。

其中最小的女儿贝儿既美丽又温柔。

法文名Belle（音译为"贝儿"）的意思是"美丽的"。

我要出门，去很远的地方。

路上小心！

我想要这个！

那个也想要！

我想要这个！

美女与野兽

贝儿的父亲误入了野兽的庭院。

摘一朵玫瑰花作为给贝儿的礼物……

贝儿拜托远行的父亲为她带一朵玫瑰回来。

但这惹怒了野兽。

贝儿救出了父亲，自己却不得不留在野兽的宫殿里。

让我住这么漂亮的房间？

他是个可怕的家伙……

在相处的过程中，贝儿感受到野兽的内在美，被他深深吸引住了，但是她……

虽然这部作品没有提野兽的名字，但有作品称其为贝德。

贝儿回到野兽的宫殿，发现野兽因失去她而痛苦不堪。

第10天

9

8

7

6

3

1

爸爸！

无论如何也要见父亲！

得到野兽的同意后，贝儿回家住了几天。

深受欢迎的《美女与野兽》被改编成动画片、音乐剧等。

贝儿向野兽表白……

野兽的外表兼有人和其他动物的特点。

狮子

大猩猩

狼

熊

人

野兽身上的诅咒被解除了，他变回英俊的王子。

031

圣诞颂歌

圣诞颂歌在英国一出版就受到读者热捧，后来被译成多种语言，还多次被改编成电影。在圣诞节题材的作品中，这部作品知名度相当高，绝对值得一读。

作品简介

《圣诞颂歌》在狄更斯创作的圣诞节题材的小说中，具有特殊的地位。当时的英国在工业革命的推动下，工业化水平大幅提升，成为世界上首屈一指的强国，但许多人仍然在贫困中苦苦挣扎。狄更斯感叹穷人的悲惨命运，于是创作出了这部作品。

作者简介

由于父亲负债，狄更斯十几岁便到工厂做童工，还当过报社记者，之后才成为作家。这些经历使他对贫困群体怀有强烈的同情心。这部作品关注的是那些不被命运眷顾的孩子。

故事梗概

19世纪的伦敦，斯克鲁奇在城市的一角做买卖，他是一个掉进钱眼、吝啬、冷酷的商人。多年前去世的合伙人马利的亡灵出现在斯克鲁奇的面前，告诉他："从现在开始将有三个幽灵到访。"第一个是"过去之灵"。斯克鲁奇看到了少年时代的自己，看到了令人悲伤的与恋人分手的场景。随后出现的"现在之灵"让他看到了职员克莱切特的家，看到了侄子们开的圣诞节派对。就在这时，"未来之灵"出现在他的面前……

精彩之处

哪怕许多孩子由于贫困失去生命，斯克鲁奇也不愿意捐出一分钱，他甚至说"多余的人口减少了是好事"。幽灵们会让如此冷酷无情的斯克鲁奇看到些什么呢？这部作品最大的看点是对斯克鲁奇内心变化的描写。斯克鲁奇在看了三个幽灵展示给他的各种场景后，究竟发生了什么样的变化呢？斯克鲁奇是那个时代英国人的缩影。通过这部作品，人们开始进行自我反思。受这部作品影响，庆祝圣诞节的习俗开始流行。

国家 …… 英国
作者 …… 查尔斯·狄更斯
成书时间 …… 1843年

未来之灵
全身被深色的布包裹着。让斯克鲁奇看到死后将饱受咒骂。

斯克鲁奇
一个沉默寡言、不近人情、只想着赚钱的贪婪男人。看不起别人。在伦敦经营"斯克鲁奇和马利商行"。

克莱切特
斯克鲁奇公司的职员。和心爱的妻子、患有重病的儿子过着清贫但充满爱的生活。

现在之灵
有着让人仰视的魁梧身躯。让斯克鲁奇看到人们是如何度过圣诞节前夜的。

过去之灵
幼小但不失成熟。让斯克鲁奇看到少年时代有着朴素梦想和纯净心灵的自己。

三个幽灵即将到访。

你的命运将变得很悲惨。

圣诞节前夕，曾经的合作伙伴——马利的亡灵出现了，向斯克鲁奇发出忠告。

给我干活！

从前，伦敦有一个名叫斯克鲁奇的商人，他冷酷又贪婪。

过什么圣诞节？

据说作者狄更斯曾想当演员，他在朗诵会上声情并茂地朗诵过这部作品。

过去

过去之灵让斯克鲁奇看到过去。

够了！

这是……这……曾经的我和我的恋人吗？！

现在

现在之灵让斯克鲁奇看到现在正欢度圣诞节的人们。

看克莱切特现在的样子！

那个孩子会怎样？

活不了多久了。

因为这些不可思议的经历，斯克鲁奇改过自新。

不，我不能让未来变成这样！

这就是我的坟墓？

应该还来得及！

未来之灵让斯克鲁奇看到了未来。它把斯克鲁奇带到了刻有他名字的墓碑前。

斯克鲁奇开始捐款捐物、帮助他人，成了伦敦最享受圣诞节的人。

这部作品出版后，圣诞贺卡和圣诞树开始流行，每逢圣诞节，大街小巷一派节日景象……

未来

三个火枪手

这是一部描写战斗和友情的冒险小说，故事围绕着达达尼安，以及被称为『三个火枪手』的法国一流剑客阿多斯、阿拉密斯、波尔托斯展开。

国家 …… 法国

作者 …… 大仲马

发表时间 …… 1844年

作品简介 这部作品是1844年开始在法国《世纪报》上连载的"达达尼安三部曲"的第一部。黎塞留、路易十三等人物都是历史上真实存在的，主人公达达尼安也是以真实人物为原型的。

故事梗概 达达尼安为了加入憧憬已久的火枪手卫队来到巴黎。机缘巧合，他要与著名的"三个火枪手"分别展开决斗。当决斗正要开始时，四人却被红衣主教的护卫发现了。于是，四人终止决斗，转为并肩作战并赢得了胜利。从此，达达尼安与三个火枪手结下了深厚的友谊。

在房东夫人康斯坦斯成为安娜王后的侍女后，达达尼安暗中协助王后和英国白金汉公爵会面。但王后送给公爵的钻石首饰使她陷入危机。为了帮助王后，达达尼安和三个火枪手远赴英国，虽然途中遭遇了重重险阻，但他们还是圆满地完成了任务。然而不久之后，达达尼安等人又卷入了一个更大的，甚至连法国国王都牵涉其中的阴谋。

精彩之处 战斗场面的描写生动地展现了达达尼安等人勇于奋战的英姿。此外，对反派的精彩描写也为这部作品平添了无穷魅力。

阿拉密斯 英俊文雅。原本立志要当神职人员，因此神学造诣很深。

达达尼安 年轻的骑士，直率勇敢。

阿多斯 性格温厚稳重，精于谋略，能够正确指挥其他三人行动。

波尔托斯 "三个火枪手"中的大力士。非常健谈，但有点儿爱慕虚荣。

加斯科涅

1

巴黎

加斯科涅

一心想成为火枪手的达达尼安行进在去巴黎的路上……

给特雷维尔队长的信被神秘男子抢走了!

《达达尼安三部曲》

《三个火枪手》是1844年开始在《世纪报》上连载的"达达尼安三部曲"的第一部。

第一部
《三个火枪手》

第二部
《二十年后》

第三部
《布拉热洛纳子爵》

作者
大仲马

达达尼安
(法国军人)

顺便说一下,我的本名是查理·德·巴茨·卡斯德尔莫。

独家新闻!

达达尼安在现实中也有原型!

《三个火枪手》中出现了多个历史上真实存在的人物,如黎塞留、路易十三等。

2

达达尼安到了巴黎,拜访特雷维尔队长,讲述事情的经过……

特雷维尔

发现那个神秘男子就在窗外,于是追了上去!

就是那个家伙‼

4

米莱狄

路易十三

黎塞留
红衣主教

安娜王后

白金汉公爵

康斯坦斯

此后,四人又卷入了一场由王后的首饰引发的风波。

3

达达尼安在追赶神秘男子时与三个火枪手相遇,但是……

不知怎的,就要和他们分别决斗了!

决斗吧!

达达尼安和三个火枪手的命运究竟会怎样呢?

爱丽丝梦游仙境

这本书的迷人之处莫过于主人公爱丽丝在梦境中邂逅的那些有独特魅力的角色，以及贯穿全书的荒诞氛围。这部奇幻小说至今仍深深吸引着广大读者。

成书时间	国家	作者
1865年	英国	刘易斯·卡洛尔

作品简介 这是一部以作者本人即兴讲述的故事为蓝本创作的小说。作者在小说中巧妙地设计了很多有趣的文字游戏。

故事梗概 一个午后，爱丽丝为了追赶一只穿着衣服、会说话的白兔掉进了深洞，进入了一个奇妙的世界。她不仅遇到了会说话的奇特动物，还在这个世界里时而变大、时而变小，经历了一连串稀奇古怪的事情。有时候爱丽丝连自己是谁都搞不清了，流出的眼泪甚至汇成了池塘……

精彩之处 爱丽丝有强烈的好奇心，面对未知的世界毫不胆怯。同时，她还是个早熟的女孩，过分在意礼节，有点儿摆"上流社会"的架子，有时会说一些连自己也不明白的故作深奥的话。读者可以一边阅读，一边欣赏爱丽丝的"自言自语"。

除了爱丽丝，这部作品中的其他角色也都极具魅力，如白兔、柴郡猫、动不动就说"砍掉他的脑袋"的红心王后等。"疯帽匠""三月兔"和"睡鼠"举办"疯狂的茶会"也是这部作品中的著名情节之一。

此外，书中的文字游戏也是一大看点。遗憾的是，英语中的俏皮话和双关语的韵味很难完全翻译出来。如果学好英文后阅读原著，我们就能更加深入地体验作者笔下的神奇世界。

在续篇《爱丽丝镜中奇遇记》中，我们会领略到一个更加奇妙的世界。

爱丽丝 → 一个有强烈好奇心的女孩。面对古怪的对手，虽然内心胆怯但能沉着应对。讲究礼节，有点儿早熟。

白兔 穿着衣服，会说话，用两条后腿走路。手持怀表。爱丽丝为了追赶它掉进洞里，进入地下世界。

黛娜 爱丽丝很疼爱的家猫。

这会变得好小！

我因为追赶一只奇怪的白兔，掉进了一个好深好深的洞里。

啊，完了完了，要迟到了！

就这样，爱丽丝踏入了一个神奇的国度！

在这个国家，她遇到的都是些奇怪的家伙。

吃了蘑菇就会变大，喝了小瓶子里的水就会变小。

咕噜噜

就和我一样！

作者刘易斯·卡洛尔本名查尔斯·勒特威奇·道奇森，他既是摄影师，也是数学家。

我是渡渡鸟。

门后面会有什么呢？

主人公爱丽丝的原型是一个名叫爱丝·利德尔的女孩。猫咪黛娜的原型是这个女孩养的猫。

我们扑克牌女团是红心王后的军队！

我是柴郡猫。

喵！

吱

喵 喵

爱丽丝的命运究竟会如何呢？

砍掉她的脑袋！

追赶白兔的爱丽丝见识了各种稀奇古怪的事物！变成小猪的孩子、疯狂的茶会……可真够她受的！

接下来爱丽丝要面对红心王后的审判。

11

海底两万里

这部作品讲述了发生在海洋中的冒险故事。海底两万里虽然创作于19世纪，但作者融入了自己的想象——即便在100多年后的今天，读起来仍然引人入胜。

作品简介

《海底两万里》是一部科幻冒险小说。故事的核心是一艘潜艇，不过，技术如此先进的潜艇在当时并不存在，它的构造和动力装置等都是作者想象的产物。作品中以科学家视角进行的描写引发了读者无穷的想象，这正是这部作品的魅力所在。

作者简介

儒勒·凡尔纳，19世纪法国小说家，同赫伯特·乔治·威尔斯一起被认为是现代科幻小说的奠基人，被誉为"科幻小说之父"。他发表了多部与科技应用有关的冒险小说。除《海底两万里》外，其代表作还有《八十天环游地球》《十五少年漂流记》等。

故事梗概

在世界各地的海上，一个神秘的巨大怪物接二连三地撞击船只。为探其究竟，博物学家阿罗纳克斯教授前去展开调查。调查人员终于在太平洋上发现了怪物，却遭到怪物的攻击，阿罗纳克斯教授和助手孔塞伊、叉鱼手内德·兰德不幸落水。之后，三人死里逃生，好不容易才爬到"怪物"的背上——不，是用钢铁制成的鹦鹉螺号潜艇上。船长内莫邀请三人一同乘坐鹦鹉螺号潜艇，开始海洋世界的环游之旅。极具神秘色彩的两万里冒险之旅，会带给他们怎样新奇的体验呢？

精彩之处

这部作品描绘了海底旅行中很多惊心动魄的场面，如海底散步、与巨型生物搏斗等。因为作品以现实中的海洋为背景，所以读者能看到大量真实的地名和冒险家的名字。性能优异的鹦鹉螺号潜艇的构造和装备以及潜艇内的生活方式也值得关注。此外，人物关系也是看点之一。阿罗纳克斯教授、孔塞伊、内德·兰德的相处滑稽有趣。内莫船长则充满神秘色彩，让人想揭开他的"面纱"。

国家 …… 法国

作者 …… 儒勒·凡尔纳

发表时间 …… 1869年

内莫船长
一个充满了谜团的神秘人物，国籍、年龄不详。乘着自己设计、建造的潜艇在海上生活。有时流露出对人类社会的不信任。"内莫"在拉丁语中意为"没有其人"。

孔塞伊
阿罗纳克斯教授的助手，30岁，出生在法国和比利时交界的地区。不论何时都追随教授，忠诚到近乎顽固的地步。擅长给生物分类。

皮埃尔·阿罗纳克斯
故事的讲述者。巴黎科学博物馆的博物学教授，尤其熟悉海洋生物。在调查海洋巨型生物时遇到了鹦鹉螺号。容易轻信别人的话。

内德·兰德
叉鱼高手，贪吃鬼。虽然脾气暴躁，但也勇敢仗义。在鹦鹉螺号上一直伺机逃走。

救救我！

是公？

啊……

哗啦——

在各处撞击船只的神秘巨型生物？

去调查一番！

阿罗纳克斯教授一行前去调查，然而……他们乘坐的船遭到攻击，三人不幸落水。

据说，生于港口城市的凡尔纳听着水手们的冒险故事长大，很崇拜船员。

死里逃生的三人爬到了"怪物"——鹦鹉螺号潜艇上。

于是三人和神秘的内莫船长一起开始了海底冒险。

教授，请您加入我的研究团队！

我不允许你们三人返回陆地。

啊！

在之后的作品《神秘岛》中，年老的内莫船长再次登场。

与章鱼的恶战

海底散步

这样的生活我受够了！

阿罗纳克斯教授等人的命运将如何呢？

从这儿逃走吧！

潜艇里的生活

科幻小说与已成为现实的技术

科幻作家们心怀梦想，大胆想象出各种新技术，这些想象出来的技术有不少已经成为现实。

1865年发表

儒勒·凡尔纳《从地球到月球》
载人飞船

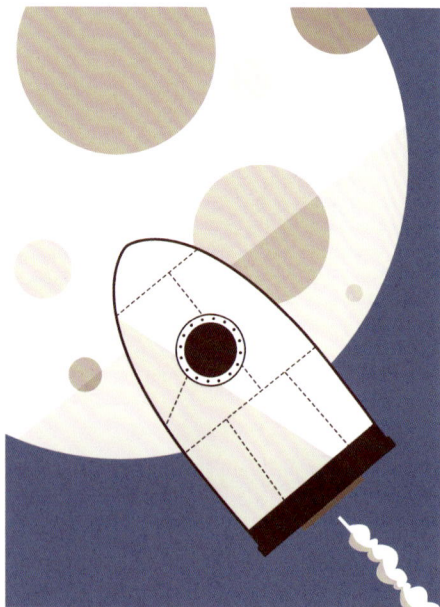

科幻小说中的虚构情节

故事发生在19世纪60年代。巴比康等人乘坐的空心炮弹被发射出去，其目的地是月球。炮弹最终能到达月球吗？波澜起伏的探险之旅就此开启。

现实中的发明

1961年，苏联发射了人类历史上第一艘载人飞船。航天员加加林所说的"地球是蓝色的"这句话闻名世界。1969年，美国的阿波罗11号首次在月球着陆。

1920年发表

卡雷尔·恰佩克《罗素姆万能机器人》
工业机器人

科幻小说中的虚构情节

一位名叫罗素姆的哲学家研制出一种机器人，这种机器人可以替人类工作。但不久后，机器人结成自己的组织，背叛了人类。

现实中的发明

1927年，第一台电动机器人问世。1961年，世界上第一台工业机器人投入使用。

1932年 发表

阿道司·赫胥黎《美丽新世界》

体外受精

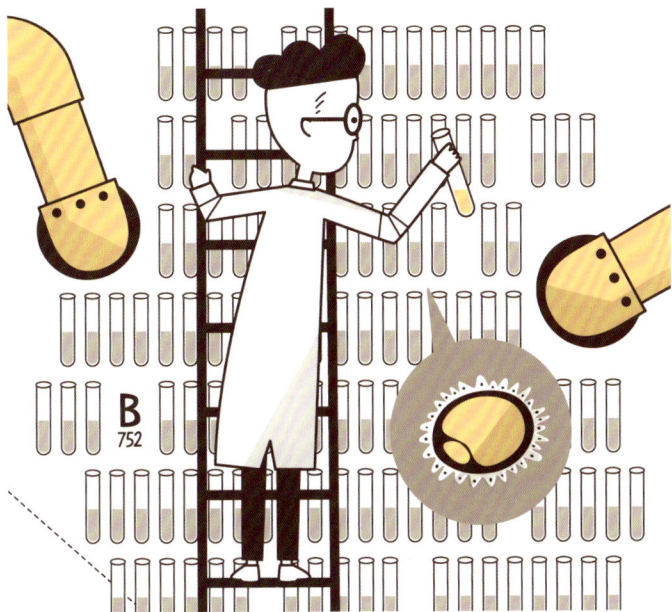

B 752

科幻小说中的虚构情节

故事发生在26世纪。这时人类文明高度发展，社会非常稳定。人类在受精卵阶段就被培养在试管中，阶级也在此时被确定。随着对这个看似完美的社会产生怀疑的人物出现，各种问题渐渐浮出水面。

现实中的发明

1978年，世界上第一个试管婴儿诞生。

1956年 发表

罗伯特·安森·海因莱因《进入盛夏之门》

扫地机器人

科幻小说中的虚构情节

工程师丹发明了全自动扫地机器人"受雇女郎"。人们只要按一下按钮，"受雇女郎"就会自动清洁地板，因此大家争相购买。丹看上去取得了巨大的成功，但意想不到的事情在等着他……

现实中的发明

1997年，世界上第一台扫地机器人问世。此后，扫地机器人不断更新换代，给人们的生活带来极大便利。

1959年 发表

罗伯特·安森·海因莱因《星船伞兵》

外骨骼机器人

科幻小说中的虚构情节

小说中的动力装甲有着远超人类的力量，机动步兵会身穿这种装甲在太空作战。少年约翰尼就是这样一名机动步兵。尽管训练十分残酷，但他最终成长为一名独当一面的战士。

现实中的发明

进入21世纪，外骨骼机器人技术蓬勃发展，各种类型的外骨骼机器人不断涌现。

1968年 发表

阿瑟·查尔斯·克拉克《2001 太空漫游》

航天器

科幻小说中的虚构情节

人类进入了可以自由往返太空的时代。宇宙飞船"发现一号"为了执行探测任务向太空进发。然而，飞船搭载的电脑背叛了人类，事态朝着意想不到的方向发展。

现实中的发明

1971年，苏联发射了世界上第一个空间站"礼炮一号"。1981年，美国发射了世界上第一架航天飞机。

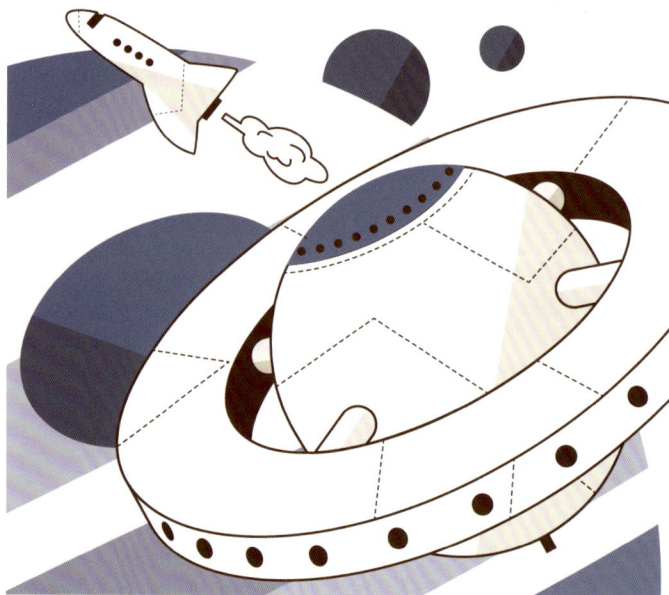

星新一《偏差》

人工智能音箱

科幻小说中的虚构情节

这天，青年按下了墙上的按钮，从某家服务公司购买涂料。但送来的不是涂料，而是一个女人……

现实中的发明

2014年，美国研发出可以播放音乐、朗读电子书的新型人工智能音箱。

道格拉斯·亚当斯 "银河系漫游指南" 系列

耳机型翻译器

科幻小说中的虚构情节

由于银河系高速公路的建设，地球突遭破坏。幸存下来的阿瑟与同伴开始在太空流浪。遇到外星人时，他通过能够翻译各种语言的巴别鱼耳机听懂了他们的话。

现实中的发明

2017年前后，耳机型翻译器问世。

12

金银岛

这是一部经典的探险小说，描写了吉姆·霍金斯与海盗之间惊心动魄的夺宝大战。

作品所歌颂的梦想与勇气，让一代又一代读者为之振奋。

国家	作者
英国	罗伯特·史蒂文森
成书时间	1883年

作品简介

这部作品以长大成人的吉姆回忆自己少年时代的口吻展开叙述。少年吉姆凭借过人的勇气和胆量制服了海盗，是不折不扣的小英雄。

作者通过孩子的视角进行描写，给读者营造了一种身临其境的氛围。读者觉得自己也参与其中，时而心惊胆战，时而兴奋不已。

故事梗概

一次偶然的机会，少年吉姆得到了一张标着海盗宝藏埋藏地的藏宝图。为了寻找宝藏，吉姆同医生利夫西以及乡绅特里劳尼等可靠的大人一起乘坐帆船向金银岛进发。然而，本以为旅途会一帆风顺的吉姆碰巧目睹了船上性格开朗的厨子约翰·西尔弗暗地里绑架船员并密谋叛乱的一幕。

于是，吉姆一行人同诡计多端、老奸巨猾的海盗西尔弗及其团伙围绕宝藏展开了一系列惊险刺激的较量……

精彩之处

虽然故事的主人公是吉姆，但有时反派约翰·西尔弗存在感更强，堪称另一个主人公。他态度傲慢、心狠手辣，同时又能为了活命装疯卖傻，直到最后一刻都让人难辨敌友，是个令人捉摸不透的人物。但正是这个人物让整个故事都鲜活起来。

本·冈恩
曾是一名海盗。在一次航行中被丢弃在了金银岛，此后一直在岛上生活。

约翰·西尔弗
独腿厨师，性格爽朗，其实是帖记宝藏的海盗。分明是个坏人，但有时又让人觉得亲切。是个令人捉摸不透的人。

吉姆·霍金斯
主人公。好奇心强，做事果断。虽然有时会给人添麻烦，但在关键时刻表现出的智慧和勇气常常令大人们自叹不如。

利夫西医生
遇事果断、善良可靠的随船医生。与敌人正面对峙时沉着威严。把吉姆当作自己的孩子一样照顾。

特里劳尼
性格和善的乡绅。听了吉姆的讲述后就开始计划前往金银岛探险。是希士潘纽拉号的领队。

被称作"老船长"的海盗死在吉姆家开的旅店里。

医生利夫西

太棒了！

乡绅特里劳尼

我这就去备船、召集船员，咱们出发去金银岛！

在『老船长』的随身物品中……

大海盗弗林特的藏宝图！

吉姆发现了金银岛的地图！

吉姆·霍金斯

创作轶事

据说《金银岛》是作者史蒂文森为继子劳埃德创作的。

史蒂文森

我真的很喜欢约翰。《金银岛》最初的书名其实是《船上的厨师》。

你好！

你好！

我是厨子约翰·西尔弗。

向金银岛进发！

希士潘纽拉号

斯莫利特船长

吉姆等人能否顺利找到藏宝的地方呢？

希士潘纽拉号终于到达了金银岛。

吉姆躲在装苹果的木桶中，碰巧听到了一个惊天计划。

就在大家即将到达金银岛的时候……

然而……

糟了！

045

13

十五少年漂流记

这部作品讲述了漂流到荒岛上的少年们自食其力，历经种种考验，最终获得成长的故事。

国家	作者
法国	儒勒·凡尔纳
发表时间	1888年

作者简介 作者是被誉为"科幻小说之父"的法国作家儒勒·凡尔纳。他创作了许多科幻名著，如《海底两万里》《从地球到月球》等。

故事梗概 这部作品还有一个为人所熟知的名字——《两年假期》。搭载着15个少年的帆船在南太平洋上遭遇风暴。船漂到一个荒岛上后，死里逃生的少年们在岛上开始了艰辛的生活。

布赖恩等人前去察看小岛，发现有一个人同样漂流到这座岛上，并在一个洞穴中居住过。少年们给这个洞穴取名为"法国人穴"，并将它作为居所。他们在岛上饲养捕捉到的动物，扩建洞穴以改善生活环境。他们有时会争吵，但友情也在不断加深。就这样，他们渐渐长大了。

两年后，他们救助了一位漂流到这座岛上的女性，这给他们的生活带来了转机，也使故事的走向发生了极大的变化。

精彩之处 这部作品最大的看点就是少年们的奋斗和成长。布赖恩在多尼范险遭美洲豹袭击时出手相救，曾经水火不容的二人冰释前嫌，作者对这一情节的描写令人动容。

另外，读者还能从哥哥布赖恩主动承担弟弟杰克犯下的过错这一情节中，体会到深厚的手足之情。

多尼范 穿着讲究，学习成绩不错。但不喜欢别人比自己强，与布赖恩水火不容。

戈顿 美国男孩，在15个少年中年龄最大。沉稳谨慎，行动前深思熟虑。

萨布斯 性格开朗的"开心果"，在岛上负责喂养家畜和做饭。

布赖恩 法国男孩。心地善良、善解人意、行动力强，深受其他少年的信赖。

载着15位少年的斯鲁吉号遭遇了风暴，

好不容易才到达陆地。

现在船上只有我们这些小孩。

巨浪太可怕了！

斯鲁吉号

麦克（见习水手，12岁）

多尼范（英国人，13岁）

萨布斯（英国人，12岁）

在新西兰奥克兰的一所学校里，十几个学生计划在暑假坐船环游新西兰。

奥克兰

1860年

但是，在这片陆地上，等待他们的是更大的困难……

尔（国人，8岁）

科斯塔（英国人，8岁）

阿依瓦森（英国人，8岁）

詹金斯（英国人，8岁）

布赖恩（法国人，13岁）

格内托（英国人，12岁）

巴库斯塔（英国人，13岁）

戈顿（美国人，14岁）

杰克（法国人，9岁）

沃尔斯顿

伊文斯

一天，一个叫凯特的女人倒在了森林里。她乘坐的塞汶号上发生了可怕的事情。

库劳斯（英国人，13岁）

威尔考库斯（英国人，12岁）

威普（英国人，12岁）

凯特

5位少年还能回到新西兰吗？

作者儒勒·凡尔纳在其他作品中描绘了热气球、潜艇、火箭等当时尚未出现的科技产物，因此被称为"科幻小说之父"。

只要是能想象到的事物，就一定有人能将它们变为现实。

这里是大陆还是小岛？

寻找住所

总督大选

伙伴之间的争吵

直面野生动物

14

小妇人

这部作品描写了马奇一家四姐妹的成长经历，是作者路易莎·梅·奥尔科特的半自传体小说。作品成功地刻画了四姐妹的鲜明个性。

作品简介 这部作品是作者路易莎·梅·奥尔科特的半自传体小说。路易莎是四姐妹中的老二。为了增加家庭的收入，她开始创作小说。而她的妹妹也像贝丝一样自幼体弱多病。作者的真实生活与作品描写的有很多相似之处。

作品刻画了现代美国社会所崇尚的女性形象。彼时人们认为女性应该承担更多的家庭责任，但乔矢志成为一名职业女性，与人们心目中理想的女性形象格格不入。因为乔这个人物是以作者本人为原型的，因此有人认为作者通过《小妇人》批判当时的美国社会。

故事梗概 《小妇人》以美国南北战争为背景，描写了父亲马奇远赴战场后，四姐妹梅格、乔、贝丝、艾美之间的故事以及她们各自的烦恼。

精彩之处 四姐妹鲜明的性格是这部作品最大的看点。漂亮的大姐梅格喜爱昂贵的衣服和首饰，向往上流社会的生活，总是为自己的虚荣心而烦恼；争强好胜的老二乔有着男孩的性格，擅长写作；体弱多病的老三贝丝十分腼腆，但温柔善良，乐于为他人付出；老四艾美是家中最小的孩子，娇气任性。读者在阅读这部作品时，可以试着"对号入座"，看看自己的性格更接近四姐妹中的哪一个，或想一想四姐妹的性格特点中有哪些是自己没有的，这也不失为一种乐趣。

作者 ┈┈ 路易莎·梅·奥尔科特

国家 ┈┈ 美国

成书时间 ┈┈ 1868年

艾美 最小的妹妹，12岁。有美术才能。喜欢像贵妇人一样神气十足地说话，但总是说错话。

乔 排行老二，15岁。又高又瘦，男孩气十足，争强好胜。

梅格 四姐妹中的老大，16岁。美丽端庄的淑女。憧憬奢华的上流社会。

贝丝 排行老三，13岁。外表柔弱，但内心坚强。因体弱多病没有上学，在家中学习并承担家务。喜爱音乐。

乔的原型是作者。

《小妇人》中有许多情节源于作者的亲身经历。

父亲远赴战场，我要承担起他的责任！

马奇家的四姐妹梅格、乔、贝丝和艾美亲密无间，但偶尔会吵架。

继《小妇人》之后，作者又写了第二部、第三部。

原书名是 Little Women

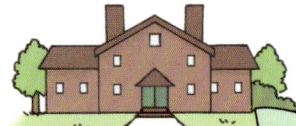

老大梅格

喜欢华丽的事物，比如上流社会的派对。

嗨嗒 嗨嗒 美少女

向往有钱人的生活。

梅格好美！

劳瑞的家庭教师布鲁克默默地爱着梅格。

老三贝丝

我好难过……

贝丝非常感谢劳伦斯给予她的帮助……

太感谢了！

你可以用我家的钢琴。

劳伦斯

温柔善良、害羞腼腆的贝丝酷爱音乐，但是家里的钢琴坏了……

我叫劳瑞，住在马奇家旁边的公馆里。我和爷爷一起生活。

这个故事发生在南北战争时期的美国，这是社会和文化发生巨大变革的时期。

这是一部融入现实主义元素的以女性角色为主的作品。

小孩子要留下来看家！

老四艾美

因为自己的塌鼻子感到自卑。

娇气任性的艾美因为什么发生了改变呢？

艾美非常喜欢画画和做手工。

乔太霸道了！

戏票

老二乔

小说手稿被艾美烧了……

永远不原谅你！

我的小说上报纸了！

男孩气十足、争强好胜的乔有一头秀发。但为了补贴家用，乔忍痛割爱……

乔的梦想是成为作家。

每天都过着吵闹而快乐的生活，有一天突然得知父亲在战场上病重，而且贝丝也生病了……

15 佛兰德斯的狗

这部作品描写了少年尼洛和老狗帕特修之间深厚的友情。

它是英国作家奥维达的代表作，在世界范围内广受喜爱，经久不衰。

国家：英国

作者：奥维达

成书时间：1872年

作品简介

奥维达写过好几部儿童题材的作品，其中有些以动物为主人公，本书就是其中之一。

故事发生在比利时。奥维达曾去过比利时旅行，他基于亲身体验创作了这部作品。在美国，人们认为原著中尼洛的下场太悲惨，所以在将小说改编成电影时创造了一个美满的结局。不过，由于改动较大，这部电影引起了一些争议。

故事梗概

尼洛和爷爷一起生活。有一天，尼洛救了一条倒在路边的狗。之后，他们带着这条狗一起生活，过着贫穷而幸福的日子。

尼洛渐渐长大，对艺术产生了兴趣，立志成为一名画家，梦想有朝一日能亲眼看看大教堂里的名画。

尼洛和一个名叫爱露娃的女孩是好友。但爱露娃的爸爸不希望自己的女儿和穷小子尼洛在一起。厄运接二连三地降临在尼洛身上……

精彩之处

尼洛是个诚实的少年，村里人都很喜欢他。但周围的环境迫使他过着越来越艰难的生活。他的遭遇让人不禁思考，贫穷究竟意味着什么。

此外，狗帕特修做主人公也是本书的一大亮点。帕特修当然不懂人的语言，不能像人那样思考。比如，它无法理解尼洛钟爱的艺术。那么，帕特修是怎样观察尼洛等人的呢？作品对此进行了细致的描写。

柯杰兹先生
爱露娃的父亲，十分严厉。不希望爱露娃和穷小子走得太近，想让尼洛远离爱露娃。

爷爷
将孙子尼洛抚养成人。腿脚不好，靠送牛奶维持生计。

爱露娃
村里最富裕家庭的独生女，12岁。很喜欢尼洛和帕特修，常和他们一起玩。

帕特修
土生土长的狗。被人折磨得奄奄一息时，得到尼洛和他爷爷的救助。之后一直跟着尼洛，会主动帮他干活。

尼洛
正直的少年，15岁。与慈祥的爷爷、爱犬帕特修一起过着贫穷而幸福的生活。

尼洛很喜欢画画。在爱露娃和帕特修的陪伴下画画，他感到非常幸福。

爷爷卧床不起时，尼洛和帕特修替爷爷干活。

尼洛救下了倒在路边的狗帕特修，从此他和它形影不离。

筋疲力尽的尼洛为了在生命的最后一刻看到鲁本斯的画，吃力地朝大教堂走去。

尼洛被村里人当成纵火犯。尼洛被孤立了。

汤姆·索亚历险记

全世界的男女老少都为之着迷。

这部作品讲述了男孩们寻宝与探险的故事。汤姆·索亚的冒险经历令

作品简介 故事发生在美国中西部的圣彼得堡小镇（虚构地名），讲述了汤姆·索亚与伙伴们的冒险经历和恶作剧。

作者简介 马克·吐温是作者的笔名。作者曾从事引航员工作，负责引导密西西比河上的往来船只。据说引航员在工作中会用到术语"by the mark, twain"，作者就以此作为自己的笔名（Mark Twain）。作品中的很多冒险故事都源于作者和朋友的亲身经历。读者可以从中感受到作者对密西西比河的热爱。

故事梗概 在密西西比河畔的圣彼得堡小镇，汤姆·索亚和弟弟席德被波莉姨妈收养。汤姆无意中目睹了一起杀人事件。因为害怕被凶手发现，他和朋友哈克贝利·费恩一起离家出走，在密西西比河的沙洲上野营、寻宝……在历险的过程中，汤姆遇到了一个名叫贝奇·萨契尔的女孩，并最终指证了杀人犯。

精彩之处 这部作品最吸引人的是主人公汤姆的各种奇思妙想和恶作剧。例如，汤姆被罚刷墙，他却哄骗其他孩子帮他刷。从他的"花言巧语"中，读者可以看出他是个机灵的少年。

汤姆与好友哈克贝利的冒险经历，时而让人捧腹大笑，时而让人感动不已……主人公那小大人的样子和自由不羁的个性吸引着一代又一代读者。

成书时间	国家	作者
1876年	美国	马克·吐温

汤姆·索亚
失去父母，被波莉姨妈收养。调皮捣蛋，喜欢恶作剧。一有出门探险的念头就马上行动。也有温和的一面，在学校人缘很好。

哈克贝利·费恩
汤姆的好朋友，是个流浪儿。虽然大人们都不喜欢他，但是许多孩子羡慕他，因为他过着自由自在的生活。

呼呼

果然有人，是三个人。

汤姆和弟弟席德被波莉姨妈收养。陪伴他们的是壮阔的密西西比河。他们经常在河边玩耍、探险！

密西西比河

美国

密苏里州 ←密西西比河

贝奇·萨契尔

据说书中圣彼得堡小镇的原型是美国密苏里州的汉尼拔，作者在这里度过了他的少年时代。

我听过那个声音。

汤姆与哈克贝利
虽说都是淘气鬼……

汤姆是个很有教养的"好孩子"，但恶作剧也是他的拿手好戏！他被罚刷墙，却哄骗其他孩子帮他刷墙。

是你说的……

求你了，让我刷吧！我把苹果给你。

莫夫·波特

汤姆因在镇上的审判中为被诬陷的人做证，对潜逃的杀人凶手产生了恐惧心理。

不用回家，也不用去学校。

汤姆的命运将如何？被杀人凶手盗走的财宝藏在哪里？

印江·乔伊

还有一本以哈克贝利为主人公的作品，叫《哈克贝利·费恩历险记》。

厉害吧？

而哈克贝利是个完全自由的人！他在屋檐下、木桶里睡觉，随心所欲。

17 海蒂

作品讲述的是在阿尔卑斯山深处生活的女孩海蒂在周围人的关爱下，克服重重困难、率真成长的故事。对瑞士优美的自然环境以及海蒂等人脚踏实地的生活态度的描写，使这部作品经久不衰、广受喜爱。

作品简介 这部作品以美丽的阿尔卑斯山为背景，讲述了一个少女的成长故事。小说细致地描写了瑞士的山野生活，给读者留下了深刻的印象。1974年播出的日本动画片《阿尔卑斯山上的少女》就改编自这部作品。

故事梗概 海蒂自小父母双亡，后来被寄养在爷爷家。爷爷独自生活在远离村庄的山上，是村里有名的倔强又古怪的老头。但爷爷渐渐被海蒂的温柔和纯真所感动，变得慈祥起来……

海蒂和爷爷清贫而充实的生活被姨妈的突然造访改变了。海蒂又被德国法兰克福的富人家收养。虽然衣食无忧，但海蒂始终对阿尔卑斯山上的家念念不忘，甚至为此变得精神恍惚……

精彩之处 作品中对一花一草乃至声音、气味的描写都十分细腻动人。这些景物描写衬托了海蒂的心境。阿尔卑斯山壮美的景色让读者感受到大自然的无穷魅力。

作品中对人物的刻画也是一大看点。海蒂真诚坦率，富有同情心。她的内心感受被描写得淋漓尽致。此外，海蒂的成长经历以及爷爷等人的内心变化也让读者深受触动。

作者 …… 约翰娜·斯比丽

国家 …… 瑞士

成书时间 …… 1881年

阿鲁姆大叔
海蒂的爷爷。原本独自生活在阿尔卑斯山深处。

皮特
海蒂的朋友。在阿尔卑斯山上养山羊。

克拉拉
泽塞曼家的独生女。体弱多病，不能行走，只能在轮椅上生活。比海蒂大4岁。

海蒂
主人公。性格单纯率真，无比热爱阿尔卑斯山。

罗登迈尔
泽塞曼家的女管家。为了让海蒂成为与克拉拉相称的女孩，每天都严厉地管教海蒂。

阿尔卑斯山深处

海蒂5岁时被寄养在阿尔卑斯山上的爷爷家。海蒂与爷爷、牧羊少年皮特、小羊"小雪"一起悠然自得地生活在大自然中……

爷爷留着浓密的眉毛和胡须，看起来有些吓人。海蒂朝他跑过去。这是他们第一次见面。

大都市
法兰克福

克拉拉体弱多病，腿脚不便。海蒂在8岁时被送到泽塞曼家，成为克拉拉的玩伴。

在山野长大的海蒂无法适应压抑的都市生活。女管家罗登迈尔将她视为问题儿童。

因为太思念远在阿尔卑斯山上的家，海蒂甚至患上了梦游症。

海蒂究竟能否康复？在海蒂的影响下，周围的人又发生了怎样的变化？

18 小公主

这部作品的主人公萨拉尽管从家境殷实的特别寄宿生沦为孤苦无依的女佣，却从未失去内心的温柔与高贵。伯内特的这部名作告诉我们，任何时候都要坚强、乐观。

作品简介 女作家弗朗西丝·霍奇森·伯内特于19世纪末创作了一部名为《萨拉·克鲁》的作品，这就是《小公主》的前身。1905年，伯内特对其进行了改写，并将书名定为《小公主》。

故事梗概 萨拉离开位于印度的家，来到英国伦敦的寄宿学校上学，开始了没有最爱的父亲陪伴的校园生活。学校里有特意为她准备的宿舍和马车，甚至还有照顾她生活起居的保姆，简直一应俱全。萨拉穿戴得如同公主一般，却从不颐指气使，因此得到了朋友们的喜爱，生活得十分愉快。时光流转，萨拉11岁了。盛大的生日派对刚刚开始，却突然传来噩耗——萨拉的父亲去世了，并且欠下巨款。萨拉瞬间失去了一切。

还没有从失去父亲的伤痛中走出来，萨拉就不得不开始了作为学校女佣的生活。她住在顶层的阁楼里，没有足够的食物果腹，被所有人粗鲁地使唤。在这种情况下，萨拉该怎么生活下去呢？

精彩之处 作品中对家境富裕时的萨拉华丽的着装和日用品的描写，令读者眼花缭乱。萨拉最喜欢的是一个名叫艾米莉的栩栩如生的洋娃娃。喜欢幻想的萨拉总想象艾米莉在人们看不到的地方做各种事情。萨拉还很擅长编故事，常常讲故事给朋友们听。

即使沦落到了社会最底层，萨拉仍然勇敢、坚强、乐观。

国家：美国
作者：弗朗西丝·霍奇森·伯内特
成书时间：1905年

明奇女士 萨拉所在学校的校长，冷酷的女人。最在乎的是钱。

拉比亚 寄宿生中年龄最大的女孩。骄傲自大，一直对萨拉怀有敌意。

洛蒂 寄宿生中年龄最小的女孩。与萨拉一样没有母亲，喜欢撒娇，很爱哭。

萨拉·克鲁 主人公，出生在印度，家境殷实。居住在豪华的宅邸中，因幼年丧母，父亲对她宠爱备至。聪明美丽，温柔善良，坚强乐观。

贝琪 孤苦无依的女孩，被学校雇来打杂。萨拉待她十分亲切。

厄门加德 与萨拉同年级，性格温和。胖胖的，健忘，爱哭。非常喜欢萨拉。

大富豪家的女儿萨拉来到伦敦的寄宿学校上学，过着公主般的生活。

萨拉的生活一夜间发生了天翻地覆的变化。她成了学校的女佣，住进了顶层的阁楼……

与同龄的厄门加德和爱哭的洛蒂关系很好。

与贝琪一起
和境遇相同的贝琪每天相互鼓励。

深受朋友欢迎的萨拉

心灵得到抚慰的萨拉

放意刁难萨拉的人
拉比亚和明奇女士对萨拉心怀不满，时常故意刁难她……

有两人悄悄地来顶层的阁楼探访。在此期间，隔壁搬来一个印度人。

萨拉的父亲
我要得到这座矿山，让萨拉更富有。

不可能……

一天，印度人的宠物猴子因为迷路来到萨拉面前，萨拉又一次迎来命运的巨变。

萨拉不仅失去了父亲，还失去了巨额的财产。

财富

父亲突然去世！

19 绿山墙的安妮

这部作品是以加拿大东海岸的爱德华王子岛为背景的系列小说中的第一部。

其中的故事情节和主人公安妮的心理活动引起很多女性读者的共鸣。

故事梗概

年老的马修和玛丽拉是一对兄妹。他们准备从孤儿院领养一个能帮忙干农活的男孩。可阴错阳差，出现在约定地点的是一个长着红头发的瘦小女孩——安妮。两人起初想把安妮送回孤儿院，但安妮活泼开朗的性格、成熟的谈吐和丰富的想象力打动了他们，他们最终决定收养她。

就这样，安妮在森林与大海的怀抱中，在马修与玛丽拉的关爱中，在与朋友的交往中逐渐成长。

精彩之处

安妮经常制造各种麻烦，所以玛丽拉常说："你是不是又要搞什么名堂了？"这绝不是因为安妮心怀恶意。她只是听从自己的内心，不知不觉闯了祸。不过，大多数情况下结果是圆满的。安妮说："来到绿山墙后，我总是犯错，但每次犯错都能帮我改正一个明显的缺点。"不管遇到什么困难，安妮都能凭借自己的能力扭转乾坤。这样的主人公能够激发读者积极向上的正能量。

作者简介

作者蒙哥马利从小丧母，由外祖父母抚养长大。正如故事中安妮和玛丽拉约定要一直在一起，蒙哥马利也曾承诺不会让外祖母孤身一人——只要外祖母还活着，自己就会一直陪伴在她左右。

安妮·雪莉
感受能力强、喜欢幻想又健谈的女孩。最让她感到自卑的就是她的满头红发。

国家
……
加拿大

作者
……
露西·蒙哥马利

成书时间
……
1908年

吉尔伯特·布莱斯
安妮的同学，长相帅气，学习成绩好。因为嘲笑安妮的红头发像"胡萝卜须"，惹怒了安妮。

黛安娜·巴里
酷爱读书的女孩。和安妮一见如故。二人意气相投，发誓要永远做朋友。

马修·卡思伯特
收养安妮的老爷爷。沉默寡言，性格内向。一直过着与世无争的生活，不善于和女性打交道。

玛丽拉·卡思伯特
马修的妹妹。与哥哥性格相反，做事雷厉风行。对安妮要求很严格，但内心是慈爱的。

对头 吉尔伯特

我只是嘲笑了她的头发，她没必要那么生气吧！

安妮 的好友 黛安娜

安妮的想象力特别丰富。

啊！

我们要的是个男孩……

马修和玛丽拉兄妹本想领养一个男孩，但阴错阳差，来的是安妮。

黛安娜问吉尔伯特：安妮是个怎样的女孩？

那个人应该就是马修·卡思伯特吧。

啊！

为什么！

玛丽拉

那时我可吓了一跳！

从小贩那里买了染发剂，把头发染成了绿色！

安妮 的 失败经历

爱德华王子岛

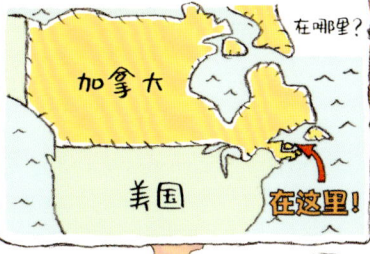
加拿大

美国

在哪里？

在这里！

我明明帮了她，可我们又吵架了……

吉尔伯特

呀

安妮在玩"伊莱恩公主"游戏时坐的船破了一个洞，她差点儿溺水……

啊！

那个……

摇摇

见见

邀请黛安娜参加茶会，却误把葡萄酒当成草莓汁给黛安娜喝了。

其实我觉得那个就是草莓汁……

黛安娜

不会和好！

绝对不会！

在马修、玛丽拉等人的陪伴下，安妮长大了。她与吉尔伯特的关系又将如何发展呢？

安妮在美丽的大自然中一天天长大。

但是 安妮 也有很多优点！

她成立故事社，带领大家一起玩。她还救过我生病的妹妹！

这件事我永远不会忘记！

长腿叔叔

这部作品讲述的是孤女朱迪因具有写作天赋而受到一位绅士资助的故事。

作品融入了作者的亲身经历，因而更容易引起读者的共鸣。

作品简介　本书是美国女作家简·韦伯斯特于 1912 年发表的儿童文学作品。全书的大部分内容是女主人公朱迪所写的信。作者通过书信的形式，生动展现了朱迪的心路历程，让读者对主人公的境遇感同身受。

作者简介　简·韦伯斯特是活跃于 19 世纪末、20 世纪初的女性作家。1897 年进入瓦萨大学，主修英国文学与经济学。大学毕业后，以访问孤儿院的经历为素材，创作了《当贝蒂进了大学》《长腿叔叔》等作品。

故事梗概　朱迪是一个在孤儿院长大的女孩。她一边上高中，一边照顾孤儿院的孩子们。直到有一天，一位富裕的绅士被她的文采所打动，愿意资助她上大学，不过有一个条件——朱迪每个月都要给这位绅士写一封信。接受了资助的朱迪一直坚持给这位绅士写风趣幽默的信，并在信中称他为"长腿叔叔"。进入大学后，矢志成为作家的朱迪的命运会发生怎样的变化呢？

精彩之处　这部作品主要由朱迪的书信构成，这样的设计使作品别具一格。读者会在这些记录朱迪日常生活点滴的信件中发现令人忍俊不禁之处，阅读之后会有一种满满的幸福感。此外，朱迪为作家梦而不懈努力的精神以及她与长腿叔叔的关系变化也是作品不容错过的亮点。

国家　……美国

作者　……简·韦伯斯特

成书时间　……1912 年

长腿叔叔
资助朱迪的神秘绅士。"长腿叔叔"这个雅号是朱迪看到他的影子后给他取的。

朱迪·艾伯特
在孤儿院里长大的女孩。在长腿叔叔的资助下上了大学，每个月给长腿叔叔写信。

杰维斯·彭德尔顿
朱莉娅的叔叔。非常富有，与朱迪情投意合。

朱莉娅·拉特利奇·彭德尔顿
朱迪的朋友。纽约的名门闺秀。

萨莉·麦克布赖德
朱迪的朋友。明朗率真的红发女子。

嗯,他个子很高,我就叫他"长腿叔叔"吧!

能自由自在地学习,简直像做梦一样!真的太感谢您了!

真的吗?我可以上大学了?

这位绅士资助朱迪上大学的条件是,朱迪每个月都要给他写信。

朱迪一边上高中,一边照顾孤儿院的孩子们。一位绅士认为朱迪很有写作天赋,提出愿意资助她上大学。自此,她的人生发生了巨变。

我因为扁桃体发炎和流行性感冒发烧了。脑袋上缠着布的我活像一只兔子……

全书由朱迪的信件构成,这一表现手法在当时具有划时代的意义。

我和我的朋友朱莉娅、莎莉同住一屋!太开心啦!

我和杰维斯少爷一起喝了茶!他温文尔雅,我们聊得很投机。他真的好迷人!

我和杰维斯少爷在洛克威洛农庄度过了一段时光。我们一起经历了很多新奇的事情。

长腿叔叔就是您吗?

寄给出版社的稿件被退回来了。但是,我决不放弃!我一定会成为一名作家。等着瞧吧!

朱迪最终实现她的梦想了吗?长腿叔叔究竟是谁呢?

日本"长腿育英会"的名称就源自这部作品,该机构专门帮助那些父母因疾病或事故去世的孩子。

21 两个小洛特

这部作品讲述了一对从小就分开生活的双胞胎姐妹偶然相遇后，共同努力使父母破镜重圆的故事。本书畅销多年，故事多次被搬上银幕，还被改编成动画片和音乐剧等。

国家
德国

作者
埃里希·凯斯特纳

成书时间
1949年

作者简介
凭借《埃米尔擒贼记》和《飞翔的教室》名声大噪的凯斯特纳在第二次世界大战期间被禁止发表作品，他的著作也被烧成灰烬。凯斯特纳在战后才得以发表儿童文学作品《两个小洛特》。

主人公路易丝和洛特的名字源自与作者患难与共多年的妻子（路易丝洛特）的名字。

故事梗概
在夏令营的"休假之家"，路易丝遇到了一个与自己长得一模一样的女孩——洛特。一个是从小和父亲一起生活的疯丫头路易丝，一个是从小和母亲一起生活的乖乖女洛特。两人虽然性格完全不同，但长得惊人地相似。一天，两人得知她们是在同一天、同一个地方出生的。是的，路易丝和洛特其实是如假包换的双胞胎姐妹。离回家的日子越来越近，两人决定互换身份……

精彩之处
互换身份后回到对方家中的路易丝和洛特，为了促成父母破镜重圆而大费周章的样子被作者描绘得既可爱又滑稽。面对突然不会做饭、学习也变差了的"洛特"和突然开始认真记录家庭收支的"路易丝"，父母在感到困惑的同时，渐渐被她们打动。

终于，父母发现两人互换了身份，至此故事变得更有戏剧性。

路易丝·帕菲尔
充满朝气、活泼好动的 9 岁女孩。和身为音乐家的父亲一起住在维也纳。每年暑假都会来到"休假之家"。

洛特·克尔纳
文静沉稳的 9 岁女孩。和身为编辑的母亲住在慕尼黑，在母亲的建议下来到"休假之家"。与路易丝长得一模一样。

父亲（路德维希·帕菲尔）
有名的指挥家兼作曲家。为了集中精力作曲，有时会离开家待在工作室里。

母亲（路易丝洛特·克尔纳）
出版社编辑。因为工作很忙，经常不在家，将家务全部交给洛特。

在夏令营的"休假之家"，遇见了与自己长得一模一样的女孩。

两人最初因为长得太相像而互相排斥。

两人相处渐渐融洽起来。

难道是双胞胎?!

两人后来得知她们是在同一天、同一个地方出生的双胞胎。

可是为什么一家人会分居两地呢？

？？？？？ 为什么会这样呢？

其实是洛特

夏令营结束后，两人互换身份，回到对方家中。

突然不会做饭的洛特（其实是路易丝）

搞砸了…… 谁来做饭呢？

得知父亲正在考虑再婚的路易丝（其实是洛特）

为了让父母复婚，两人互换身份。

其实是路易丝

奥地利

德国

洛特和路易丝以及她们的父母，究竟会怎么样呢？

通过数字解读名著①

通过数字解读名著，我们不仅可以更深刻地体会到出场人物的喜怒哀乐，还可以感受到故事的无穷趣味、作者的创作热情！

那些钱 折合成人民币，大约值多少？

那些左右主人公生活方式的钱，折合成人民币到底值多少呢？

《佛兰德斯的狗》

约60元

● 观赏鲁本斯画作的费用

尼洛日思夜想的那幅画，观看一次大约需要花60元。对贫穷的尼洛来说，这可是一大笔钱。

约1.2万元

● 绘画比赛的奖金

尼洛想过，如果能赢得比赛拿到奖金，就不用再为生计发愁了。

约12万元

● 柯杰兹丢失的钱

尼洛捡到了远多于比赛奖金的2000法郎，但他诚实地交还了。

《小公主》

约450万元

● 捐给学校的钱

主人公萨拉在入学时给学校捐了一大笔钱。

《苦儿流浪记》

约240元

● 雷米被卖掉的价格

雷米被养父以40法郎的价格卖给了维塔里斯。

约200元

● 剧团二场公演的收入

两个人、两只狗和一只猴子，终于有吃的了。

出场人物 走了多远？

名著中的很多人物都有冒险或环游世界的经历。他们都走了多远呢？

杜利特医生	（《杜利特医生在月亮上》）
孔塞伊	（《海底两万里》）
三藏法师	（《西游记》）
马可	（《寻母三千里》）
雷米	（《苦儿流浪记》）
梅勒斯	（《奔跑吧，梅勒斯》）

从村庄来到都城的梅勒斯，又跑了一个来回。

约120千米

故事有多少个？

这里提到的作品不乏由多个篇章组成的巨著。

约134个
○《一千零一夜》

《一千零一夜》经过许多次增补和整理，共历时800年。

约170个
○《安徒生童话》

《海的女儿》《皇帝的新衣》《丑小鸭》《卖火柴的小女孩》……《安徒生童话》中有许多脍炙人口的故事。

约210个
○《格林童话》

《糖果屋》《小红帽》《不来梅乐队》……这些都出自德国格林兄弟的童话故事集。

约357个
○《伊索寓言》

相传是公元前6世纪游历希腊的伊索所作。其中有《兔子和乌龟》《北风和太阳》等名篇。

1040个
○《今昔物语集》

据说完成于12世纪前后的故事集。作者不详。

出场人物有多少个？

鸿篇巨制中出场人物往往数不胜数。作者将众多人物刻画得个性鲜明，实在令人叹服！

○三国演义

以中国的史书三国志为基础创作的名著，讲述了群雄凭借才智和武力逐鹿天下的故事。

约1192人

○《源氏物语》

紫式部创作的一部长篇小说。

约430人

○水浒传

约825人

讲述了108位个性鲜明的梁山好汉反叛朝廷的故事。

○平家物语

约150人

讲述了日本平氏、源氏和朝廷之间复杂的纠葛。

约76万千米

杜利特医生乘坐巨大的飞蛾，前往距离地球约38万千米的月球。这是一次全程约76万千米的旅行。

约37,000千米

潜艇鹦鹉螺号环游地球一周（近4万千米）。

虽然作品名中有"三千里"字样，但马可实际走了6600千米。

约30,000千米

三藏法师前往西天取经，用了14年。

约6,600千米

约3,900千米

雷米在法国各地流浪，后来又辗转于英国、瑞士等国。

顺便一提

小王子去过很多星球旅行。他的移动距离非常非常长，但遗憾的是似乎无法测量。

小王子

（《小王子》）

专栏

通过数字解读名著②

通过数字解读名著中的角色和情节，有助于我们深入了解名著中的细节。

约18米

○ 格列佛游记中的巨人

格列佛抵达的布罗卜丁奈格是一个「大人国」。

约8米

○ 保罗·班扬

北美神话中的巨人樵夫。传说山川湖泊都是他创造的。

他们有多高？

出场角色的个头各不相同，用数值表示则一目了然。

○ 格列佛游记中的小人儿

别看个子小，却能捆住体形比自身大得多的格列佛。

约15厘米

约13毫米

○ 蜜蜂玛雅

玛雅是一只工蜂。工蜂通常都这么大。

约10厘米

○ 一寸法师

根据一寸法师以碗作舟的情节推测他大约有10厘米高。名字中的「一寸」（约3厘米）大概是夸张的说法。

066

故事的时间跨度有多大？

有些作品中的故事时间跨度很大，作品描写了主人公的一生甚至几代人的经历。

● 《鲁滨逊漂流记》
主人公克服重重困难，顽强地在荒岛上生存下来。

历时96年的争霸故事

● 《三国演义》
描写了从叛乱突起到天下一统的一段历史。

历时28年的荒岛生活

● 罗密欧与朱丽叶
两人从相识、坠入爱河到经历死别，爱情短暂而浓烈。

● 悲惨世界
主人公决心做一个正直的人，但遇到了重重考验。

承受19年的苦役

● 《基督山伯爵》
讲述了主人公从不幸的深渊中挣脱出来的故事，情节跌宕起伏。

14年后的复仇

仅仅5天，从相爱到死亡

故事发生在什么年代？

正是因为人类的本质从未改变，所以古老的故事才不会褪色。

● 《奥德赛》
在特洛伊战争中，一只巨大的中空木马被搬进特洛伊城，而里面藏着希腊士兵。

公元前13世纪

了不起的盖茨比

这是一部留名美国文学史的杰作，通过描写盖茨比最终如泡影般幻灭的逐梦人生，鲜明地表现了青春的无尽悲伤。

作品简介 这部作品是司各特·菲茨杰拉德的代表作，多次被改编为电影、舞台剧等。不仅在美国，它在全世界都享有很高的声誉。

作品写于第一次世界大战之后。20世纪20年代，美国作为战胜国迎来了空前的繁荣，作品浓墨重彩地描绘了当时充斥美国的浮华氛围。

作者简介 19世纪末，菲茨杰拉德出生于美国。一战后他初登文坛，作为年轻一代的代言人，很快成为时代的宠儿。但1930年后，美国遭遇经济危机，他那内容华丽的作品失去了人们的青睐。之后，他终日沉溺于酒精，44岁时因病去世。

故事梗概 故事的叙述者尼克搬到了美国东部的一个小镇，镇上住着一个名叫杰伊·盖茨比的神秘男子。盖茨比每天晚上都在家里举办奢华的派对。关于他为什么这么做，有各种各样的传闻。其实他只是想挽回曾经的恋人——黛西。在一个炎热的夏天，盖茨比迫使黛西与他重修旧好，不料这却导致了悲剧的发生。

精彩之处 盖茨比对黛西死心塌地，最后却落得令人唏嘘的悲惨结局。盖茨比与尼克之间的深厚情谊也是一大看点。

黛西·布坎南
汤姆的妻子。上流社会的大小姐。自由奔放，声音充满吸引力，曾经与盖茨比有过一段恋情。

杰伊·盖茨比
故事的主人公。住宅华丽，生活奢侈。脸上洋溢着优雅的笑容，是个彻头彻尾的浪漫主义者。为了让过去的恋人回心转意，赌上了全部的人生。

汤姆·布坎南
黛西的丈夫。体格健壮、腰缠万贯的上流社会人士。

尼克·卡拉韦
故事的叙述者。待人宽厚。对与自己年龄相仿的盖茨比很感兴趣，经常和他一起行动。

国家：美国

作者：司各特·菲茨杰拉德

成书时间：1925年

家财万贯的他看起来无忧无虑，但他一心只想与昔日的恋人黛西重修旧好。黛西已和汤姆结婚，盖茨比却设法迫使她回心转意。

我是尼克·卡拉韦。这个故事要从我搬到这个小镇后，认识一个名叫杰伊·盖茨比的古怪家伙说起。他每晚都会在家里举办奢华的派对，是个谜一样的男子。

这部作品在美国现代图书公司推出的"20世纪百大英文小说"榜单中位列第二名。

你已经不爱你了。

你的妻子

能再见到你，我特别高兴！

与黛西5年后的再次相见成为悲剧的导火索……

盖茨比包庇了肇事的黛西，但是……

在纽约的酒店里，盖茨比将黛西的真心话告诉了汤姆。

这个夜晚，盖茨比将手伸向了对岸的绿光……

以盖茨比命名的发蜡产品

不久，由于汤姆的阴谋，盖茨比被杀害。

这部作品有多个日文译本。作为译者之一的村上春树在他的小说《挪威的森林》中提到过这部作品。

23 麦田里的守望者

这是一部青春题材的经典作品，书中叛逆的16岁少年、主人公霍尔顿，引起了全世界年轻人的共鸣。

这部作品既是青春期的真实写照，又反映了20世纪50年代美国的青年文化。

作品简介

这部畅销小说在全世界的发行量超过6000万册。20世纪50年代，美国的音乐、文学等领域出现了与传统价值观不同的全新的文化价值观。作品描写了第二次世界大战后不知何去何从的美国青年一代的彷徨与焦虑。主人公对束缚青少年的所谓学校和成人社会深恶痛绝，因此特别受同龄读者的追捧。

故事梗概

小说以二战结束后1951年的美国为背景。在圣诞节来临之际，主人公霍尔顿因成绩差被就读的寄宿学校开除。再加上和同学打了一架，霍尔顿便在半夜离开了学校。他虽有回家的打算，但由于无颜面对父母，只好在城市里漫无目的地游荡……

精彩之处

霍尔顿身材高大，看上去一副大人模样，但他的言行表明他还不够成熟。他既不擅长学习和运动，也不擅长打架，但有时装腔作势，让自己的言行举止看起来具有攻击性。

霍尔顿虽然反抗虚伪的成人世界，但有时又不得不迁就忍耐。既不能成为大人，又不能变回孩子，模糊的自我定位使他成了一个矛盾体。尽管如此，霍尔顿深爱着妹妹和去世的弟弟，是一个有爱心的人。霍尔顿在大人和孩子这两种身份之间摇摆不定。在他身上，年轻读者似乎都能看到自己的影子，从而产生共鸣。

作者 ····杰尔姆·大卫·塞林格

国家 ····美国

成书时间 ····1951年

霍尔顿·考尔菲尔德 →
主人公。16岁，身材高大。喜欢青梅竹马的简。深爱妹妹菲比。对于身边虚伪的大人和朋友常感到厌烦。

← **菲比**
10岁。霍尔顿宠爱的妹妹。红色头发的可爱小女孩。聪明，成绩全优。

与霍尔顿有关的人物

作品讲述了霍尔顿被学校开除后在纽约街头游荡的故事。

这是一部饱受争议的作品，因为暗杀约翰·列侬的犯人和暗杀美国前总统里根的犯人都是这本书的忠实粉丝。不过，叛逆却内心柔软的主人公引起了许多读者的共鸣，因此这部小说享誉世界。

塞林格是一位被谜团包围的低产作家。1965 年后隐居乡野，几乎不再发表作品。他拒绝续写自己的作品或将其改编成电影。代表作还有《九故事》。

了解霍尔顿的关键词

霍尔顿有这样一个梦想："我只想当个麦田里的守望者。"

这句话到底想表达什么呢？

24

格列佛游记

这些读来令人酣畅淋漓的冒险故事，不仅构思巧妙，而且内涵深刻，体现出作者对当时社会和人类的辛辣讽刺。

格列佛在航海时先后漂流到了『小人国』和『大人国』，他时而被当成巨人，时而又成了小矮人。

作者	国家	成书时间
乔纳森·斯威夫特	英国	1726年

大人国的人
这里的成人身高约60英尺（约18米）。在大人国，格列佛被当作宠物到处展览。

格列佛
随船医生。经常将妻子和孩子留在家中独自出海。性格温厚，恪守礼节，正义感强，爱好和平，不卑不亢。

小人国的人
这里的成人身高大约只有6英寸（约15厘米）。人小胆大，趁格列佛睡着时，把体形远大于自己的格列佛绑了起来。

作品简介 这部作品是乔纳森·斯威夫特以医生里梅尔·格列佛这一虚构人物的航海日志的形式创作的小说，饱含了对当时英国社会、政府、宗教的强烈批判。例如，有人认为小人国的国王暗指英国的乔治一世，小人国与邻国的战争则影射了当时的英法战争。

因此，这部作品被誉为批判战争、殖民主义、奴隶制和社会歧视等黑暗面的不朽的讽刺小说。

故事梗概 随船医生格列佛遭遇海难后，漂流到一个叫作"利立浦特"的小人国，并被卷入了该国与其邻国"不来夫斯古"的争端。此后，他又相继去了大人国"布罗卜丁奈格"、飞岛国"勒皮他"以及马之国"慧骃国"……

精彩之处 作品对主人公所到之处形形色色的人以及格列佛与他们的互动进行了细致而有趣的描写。如小人国的饭菜，格列佛一口就可以吃掉一盘；宫殿起火了，他撒一泡尿就可以灭火……虽然现实中并没有小人国，但读者可以想象自己到了这样的国家会怎样——肯定别有一番趣味。

作者对人类的愚蠢进行了入木三分的讽刺，这从格列佛最后去的慧骃国可见一斑。慧骃国的居民虽然是马民，但热爱和平，富有智慧。因为慧骃国太美好，格列佛甚至想永远留在那里。然而，他看到那里有丑陋且愚蠢的动物"雅胡"时愕然失色。雅胡贪财好战，正象征了人类丑恶的一面。这不禁让人惊觉斯威夫特的警示：人类净做蠢事，变得连马都不如。

小人国（利立浦特）

格列佛作为随船医生曾漂流到许多稀奇古怪的国家。他到底经历了什么呢？

他最初漂流到了小人国。一睁眼，发现自己被身高15厘米左右的小矮人们绑住了！

好可怕

我不同意！这公干！

小人国国王试图占领不来夫斯古，格列佛表示反对。

格列佛可以从巨人的角度洞察小人国的政治与战争。

小人国正与邻国不来夫斯古交战，打仗的缘由是争论鸡蛋要从哪头磕！

不国 利国

从这头 从这头

愚蠢！ 人类好丑 呃！

与小矮人们关系越来越好。

他外出冒险时，妻子与孩子留在家中。

什么时候回来？

大人国（布罗卜丁奈格）

这是什么东西？

身材小巧的格列佛被展览，被当成赚钱的工具！

救命啊……

好累！

与在小人国不同，在这个国家格列佛显得十分弱小。国王还瞧不起人类社会。

后来到达的是大人国，格列佛被身高约18米的农夫带回家……

农夫的女儿对格列佛很温柔……

马之国（慧骃国）

慧骃教格列佛学习当地的语言。

最后到访的是慧骃国。统治这个国家的是一种马形生物——慧骃。在这里，"友情"和"慈爱"被视为两大美德。

慧骃不会心怀不满或嫉妒，也没有恶意！我不想回到人类世界了……

格列佛意识到在慧骃眼中自己也是雅胡时，大受打击。

雅胡！

雅胡外表与人类一模一样，但缺乏理智。格列佛非常厌恶这种动物，认为它们怪异丑陋。

飞岛国（勒皮他）

再后来去的国家是空中的飞岛国勒皮他。包括国王在内的所有国民都是科学家。

天文 数学

他们歪着头，两眼注视着不同的方向……

好无聊！

他批判拉格多学院的学者们脱离现实，做研究不脚踏实地。

勒皮他 拉格多 巴尔尼巴比

之后还去了日本。

《格列佛游记》是乔纳森·斯威夫特于1726年发表的讽刺小说。此书因为批判当权者，最初是匿名出版的。

因为妻子的吻晕了过去！

慧骃们召开会议，将格列佛遣返回英国。但他因为太热爱慧骃国，开始讨厌人类。

25

绿野仙踪

本书是『奥兹国』系列的第一部。它还被改编成电影和音乐剧等，至今深受人们喜爱。

没有脑子的稻草人
玉米地里的稻草人。脑袋里全是稻草。

铁皮樵夫
从脑瓜顶到脚底板都是铁皮做的。心被恶女巫夺走了，所以失去了爱别人的能力。

多萝西
自幼父母双亡，生活在美国堪萨斯州。由亨利叔叔、艾姆婶婶抚养。

胆小的狮子
本应是百兽之王，遇到危险时却总是落荒而逃。过于胆小，希望获得勇气。

成书时间 ···· 1900年

国家 ···· 美国

作者 ···· 弗兰克·鲍姆

作品简介
这是一部以作者弗兰克·鲍姆给孩子们讲的故事为蓝本创作的小说。当时这部作品出版时配有彩色插图，十分精致，所以在美国极受欢迎，几周内就销售一空。

故事梗概
多萝西和她的小狗托托被龙卷风带到了神奇的"奥兹国"。要想回到故乡，她必须找到一位叫奥兹的魔法师。于是，多萝西决定前往奥兹居住的绿宝石城，一场冒险之旅由此开始。

精彩之处
多萝西住在美国堪萨斯州的乡下，所以在故事中她被戏称为乡下人。作为一个乡村姑娘，多萝西热爱故乡、淳朴善良，是一个极具魅力的人物。行事干练的她轻而易举打败了恶女巫，这也展现了她典型美国女孩的一面。

作品描绘了多个个性鲜明的角色——没有脑子的稻草人、心被夺走的铁皮樵夫和胆小的狮子。作为作品中的重要角色，他们都缺了点儿什么。为了得到各自所欠缺的"大脑""心"和"勇气"，他们和多萝西一起冒险，去寻找魔法师奥兹。但是，这些欠缺的东西并不是靠别人给予的，而要通过自己的努力去获得。虽然各有弱点，但他们齐心协力，最终克服了种种困难。天真烂漫的多萝西与他们的对话十分有趣，是看点之一。

26 尼尔斯骑鹅旅行记

这是一部融入了瑞典自然风光和古老传说的冒险小说。调皮捣蛋的少年尼尔斯被变成一个拇指大的小人儿。他与家鹅莫尔顿一起开启了一段横跨瑞典的旅程……

作者 赛尔玛·拉格洛夫

国家 瑞典

成书时间 1907年

作品简介 瑞典女作家赛尔玛·拉格洛夫受瑞典教师协会的委托，创作了这个故事。为了让瑞典儿童学习地理知识，作品中出现了许多瑞典有名的地方。同时，作者将各地传说和民间故事融入其中，让孩子们一边享受故事的趣味，一边学习关于瑞典的知识。

《尼尔斯骑鹅旅行记》在瑞典可谓家喻户晓。瑞典面值20克朗的纸币上就印有尼尔斯骑着鹅翱翔天空的图案。

故事梗概 居住在瑞典南部的淘气包尼尔斯经常捉弄家里养的小动物。有一天，尼尔斯捉住了一只小精灵，却被它施了魔法，变成一个拇指大的小人儿。

尼尔斯变成小人儿后，能听懂动物说的话，他与想要飞上天空的家鹅莫尔顿一起，跟着阿卡带领的雁群开始了旅程。

他们在旅途中遇到了各种各样的动物。通过与它们交流，尼尔斯渐渐学会了体谅他人，成长为一个懂事的大男孩。

精彩之处 尼尔斯在旅途中领略了瑞典的众多风景名胜，比如位于瑞典北部的拉普兰，它是观赏极光的胜地。

读者跟随骑在鹅背上的尼尔斯，不仅能领略瑞典美丽的自然风光和城市风情，还能体验冒险的乐趣。大家快和尼尔斯一起，开启飞行之旅吧！

莫尔顿 与尼尔斯一起冒险的家鹅。梦想着飞上天空。

尼尔斯 因为捉弄精灵而受到惩罚，被变成一个小人儿。通过旅行，逐渐成长为为他人着想、富有责任感的好少年。

阿卡 雁群的"队长"。时而温和、时而严厉地教导尼尔斯。

这部作品是作为瑞典小学高年级课外必读读物出版的。

作者拉格洛夫是首位获得诺贝尔文学奖的瑞典作家，同时也是首位获此殊荣的女作家。雁群的"队长"阿卡也是"女队长"。

由于受瑞典教师协会的委托，所以作者在创作过程中下了很多功夫，力求让小读者通过故事学到地理知识。小读者除了可以了解瑞典的地貌，还能读到许多民间故事和传说。

拉普兰

位于瑞典北部、以极光闻名的小镇。夏季在这里能看到极昼的景象。尼尔斯等在这里度过了一个夏天。

厄兰岛

拥有瑞典最高的灯塔，塔下面的大炮在故事里也出现了。如今塔下有莫尔顿的雕像。

瑞典

斯科讷地区

尼尔斯的故乡。位于瑞典南部，至今仍保留着历史悠久的古城区和城堡。

卡尔斯克鲁纳

军港城市，被联合国教科文组织列入世界遗产名录。在故事中，尼尔斯因戏弄广场上的铜像，引得它大发雷霆。

27

杜利特医生非洲历险记

这是一部受到各个年龄段读者喜爱的冒险幻想小说，作品中出现的动物都具有不同的个性。

能够同动物对话的医生——杜利特先生和他的动物朋友们前往世界各地旅行、历险……

国家 ···· 美国

作者 ···· 休·洛夫廷

成书时间 ···· 1920年

作品简介　这部作品源于作者洛夫廷从军时在前线为孩子们写的故事。据说主人公杜利特的原型是作者的儿子科林。该系列共有12册，此外还有以小猪卡普卡普为主角的衍生故事。

故事梗概　住在英国小镇上的杜利特先生是一名能与动物对话的医生。动物们为了治病，从世界各地慕名而来。

一天，医生收到了一份从非洲发来的急件。原来，非洲的猴子们患了严重的传染病。为了将猴子们从病痛中解救出来，杜利特医生带上鹦鹉波利尼西亚等踏上了旅程。旅途中，杜利特医生和动物们遭遇了各种各样的麻烦，但大家最终克服了重重困难。

精彩之处　在这部作品中，对动物们不凡之处的描写贯穿始终。作品中甚至出现了比房子还大的贝类、住在月亮上的巨大飞蛾等完全虚构的独特生物。

为了帮助杜利特先生而在旅途中各显神通的动物们，富有个性，充满魅力。当然，主人公杜利特先生也是一个令人喜爱的人物。请找到自己喜欢的角色（当然包括动物角色），一起享受这趟冒险之旅吧！

马修·麦格
将碎肉作为宠物的食物售卖的肉店老板。虽然不学无术，手脚不干净，但能在杜利特先生长途旅行时照顾动物们。

汤米
给杜利特医生当助手的少年，十分尊重杜利特医生。正在学习动物的语言。该系列自《杜利特医生航海记》之后的作品，都是以汤米的回忆录的形式创作的。

杜利特医生
一名精通动物语言的医生。和各种动物一起生活。不擅长理财，所以把这项工作交给了猫头鹰吐吐和母鸭嘎嘎等。

英语　法语　西班牙语　哺乳动物语　鸟语

杜利特医生会说多种语言

鱼语　贝类语　爬行动物语

吉格

杜利特医生养的一条忠实的小狗，"狗狗之家"的管理员，待流浪狗很亲切。

琦琦

本来要回故乡非洲，但在《杜利特医生航海记》中身穿女装回到了帕杜尔拜镇。

波利尼西亚

杜利特医生家喂养了很久的鹦鹉。教医生说动物的语言。

卡普卡普

一只贪吃的小猪。关于食物的知识颇丰，正在撰写这方面的书。

嘎嘎

一只母鸭，杜利特医生家的管家。

吐吐

一只猫头鹰，数学家，杜利特医生家的会计师。耳朵灵敏。

沼泽地边上的帕杜尔拜镇报

虚构的生物也登场了！

推推拉拉
有两个头一个身体，世界上独一无二的奇兽。

玻璃大帝螺
超过 7 万岁的巨大贝类。

在擅长的领域施展本领的动物们

小狗吉格
循着烟味发现了被绑架的水手，功劳很大。

波利尼西亚

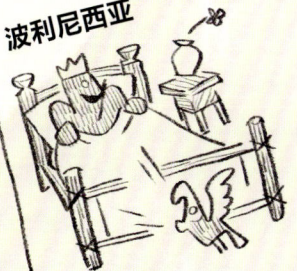

通过模仿声音，救出被囚禁的杜利特医生一行。

因为有各种动物来拜访，所以杜利特先生家有大小不一的门，为的是让动物们都能进来。

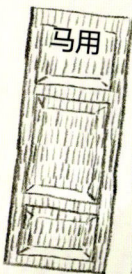 马用
 老鼠用
绵羊用

小白

患有白化病、手指灵巧的小白鼠。把杜利特医生的钢琴当作自己的家。

伽马罗·邦卜利利
巨大的飞蛾。

28

随风而来的玛丽阿姨

这是一部广受欢迎的作品，据此改编的音乐剧、电影等层出不穷。

这部作品讲述了具有魔力的保姆玛丽·波平斯的故事。

作品简介　作品讲述了一个以英国为背景的老少皆宜的故事。虽然没有点明具体的年代，但从作者对人物服装和下午茶的描写中，我们可以感受到浓浓的英伦风情。故事多以孩子的视角进行叙述。作为经典儿童文学作品，这部作品被译成了多种语言。

故事梗概　班克斯家正想找人来照顾孩子们，忽然一阵风刮来，一个叫玛丽·波平斯的古怪阿姨从天而降。简、迈克尔、约翰和芭芭拉四个孩子都兴高采烈地欢迎玛丽阿姨。玛丽阿姨与孩子们的奇妙生活由此开始了。

精彩之处　玛丽阿姨的鲜明个性是本书的一大看点。虽然玛丽阿姨一向严厉，有时还挖苦别人，但她在照顾孩子方面无微不至、周到贴心。

此外，作品描写了各种如梦境般奇妙的、令人欢呼雀跃的场景，比如在画作中享受下午茶，利用指南针瞬间环游世界，等等。除了主人公之外，作品对其他人物的精彩描写也不容错过。

在阅读这部作品的过程中，我们仿佛变成班克斯家的孩子，跟着玛丽阿姨去冒险……

玛丽·波平斯

国家　英国

作者　帕·林·特拉芙斯

发表时间　1934年

班克斯夫妇
孩子们的父母。正在寻找能照顾孩子的保姆，最后雇用了玛丽·波平斯。

约翰和芭芭拉
班克斯夫妇的双胞胎儿女。

迈克尔
简的弟弟。好奇心强，是个调皮鬼。

简
班克斯家的长女。富有好奇心，做事沉稳。

了解一下玛丽阿姨引发的一系列神奇事件吧！

画作中的茶会

你们好，我是玛丽·波平斯。

一阵风刮来，玛丽·波平斯从天而降，成为班克斯家的新保姆。

玛丽的叔叔贾透法先生一笑就会飞上天。

有人从天上下来了！

你好！

玛丽阿姨把金色纸星星贴到天上。

月圆之夜，动物园里的动物们围成一圈，庆祝玛丽阿姨的生日。

动物园

玛丽阿姨只需转动手中的指南针，就能够环游世界。

和玛丽阿姨在一起的日子很奇妙，也很开心。来，让我们和班克斯家的孩子们一起，开启神奇的冒险之旅吧！

29

小王子

开篇的那句『所有的大人最初都是孩子』非常经典。

这部作品和作者亲自画的插画中的人物，一直深受读者喜爱。

作品简介 本书是一部深受各个年龄段读者喜爱的优秀童话小说，出版于第二次世界大战最激烈的时候。当时，作者因法国被德国占领而流亡美国。作品流露出反战思想，对成人世界的虚伪和愚昧进行了深刻的批判。

例如，在某个星球被三棵猴面包树破坏的故事中，作者用三棵猴面包树象征德国、意大利、日本，用这个星球象征饱受纳粹摧残的国家和人民。此外，小王子在第四个星球遇见的实业家"拥有"5亿多颗星星，星星的数量与发动第二次世界大战的国家的人口总数相当。

作者简介 既是小说家也是飞行员的圣埃克苏佩里从亲身经历中得到启发，创作了《人的大地》。他在二战中因驾驶的战斗机被击落而牺牲。

故事梗概 作品以一名飞行员为故事叙述者，讲述了"我"在撒哈拉沙漠着陆时与一个少年相遇的故事。在与少年交谈的过程中，"我"得知他是来自某个星球的小王子。小王子对"我"讲了很多很多……

精彩之处 这部作品最具特色的就是纯真而精练的语言。例如，狐狸对为情所困的小王子说的话内涵深刻、耐人寻味。"只有心灵才能洞察一切""重要的东西用眼睛是看不见的"，类似的话可以启发我们思考，而整部作品就像一座富有哲理的语言的宝库。

国家 …… 法国

作者 …… 圣埃克苏佩里

发表时间 …… 1943年

玫瑰花

开在小王子星球上的花。身上长有4根刺。美丽动人，任性害羞。小王子对其情有独钟。

小王子

住在一个非常小的星球上。因与所爱的玫瑰花吵架，开始了星际旅行。

我

一名飞行员。因6岁时画的画不被周围的大人理解而放弃当画家的梦想。非常努力地学习地理、历史和语法。

我命你打哈欠。
我命你坐下。
我命你问我。

那可太糟糕了！

猴面包树野蛮生长
会撑爆星球！

每天早上都
要仔细拔掉
幼芽。

我是这个星球上穿得最漂亮、最帅气、最富裕和最聪明的人。

大人真是奇怪啊。

可是你的星球上只有你一个人啊。

因与玫瑰花吵架，小王子开始了星际旅行。

小王子住的 **B612** 星球只有一栋房子那么大！

小行星B612居然是真实存在的！

小王子到访的第一个星球上住着统治宇宙的国王。

第二个星球上住着一个虚荣的人。

喝这么多，好羞愧！

还是借酒消愁吧！

我有5亿162万2731颗星星。

这个星球每分钟转一圈，我需要每分钟点亮和熄灭路灯各一次。好忙啊！

超级忙

大人真的非常非常奇怪。

第三个星球上住着一个酒鬼。

第四个星球属于做生意的人。

你要这么多星星干什么呢？

这是一份创造昼夜的职业，好伟大！

第五个星球属于掌灯人。

地球上有 110 位国王，7000 位地理学家，90 万名实业家，750 万个酒鬼，3 亿 1100 万个虚荣的人。

我的星球上有一朵最漂亮的玫瑰花。

第六个星球上住着一位地理学家。

地理书不记录瞬息即逝的事物。

小王子见识了各种各样的事物，虽然感觉自己的星球十分渺小，但是……

重要的东西用眼睛是看不见的。

自己照顾的玫瑰花是无可替代的、最重要的！

狐狸和蛇谜一般的语言与故事情节密不可分。

我知道所有谜底。

作者
圣埃克苏佩里
（1900—1944）与作品中的"我"一样，也是飞行员。

第七个星球就是地球。在沙漠里，我和小王子相遇了……

30

长袜子皮皮

这部作品自出版到现在已经70多年了，皮皮却仍然风采不减，继续散发魅力，吸引着全世界众多读者。

『世界上最强的女孩』

作品简介

这部作品描绘了主人公皮皮不可思议、痛快淋漓的生活。它源自作者给年幼的女儿讲的故事。

据说这部作品起初被拒绝出版，理由是内容太离奇。但是，大人们的这种顾虑似乎有些多余，《长袜子皮皮》一出版就在孩子们中博得了极高的人气。随后，同一系列的第二部《皮皮去航海》和第三部《皮皮在南海》相继出版。

故事梗概

幼年丧母的皮皮跟着身为船长的父亲在世界各地旅行。一天，父亲在航行途中不幸被海浪卷走，下落不明。于是，皮皮带着小猴子纳尔逊来到了瑞典的威勒库拉庄。皮皮在这里每天都过得充实而精彩。她与邻居家的汤米和安妮卡一起去寻过宝，赶走过想要把她送进孤儿院的警察，也抓过钻进家里的小偷。天生神力且能说会道的皮皮总是能制造出大人们意想不到的"乱子"。

精彩之处

皮皮自由自在的生活让人羡慕不已。她独自生活，身边没有喋喋不休、总爱训斥孩子的大人。她不用像其他小孩一样去上学，可以随意熬夜、睡懒觉。不管哪个大人责备皮皮，皮皮都会成功地予以"反击"。最后，皮皮甚至成了当地的英雄。

无论在哪个年代，孩子们都会向往皮皮那自由自在的生活。

作者简介

林格伦童年时代是在瑞典南部的一个乡村度过的。童年的经历在她的作品中有所体现。

除了《长袜子皮皮》，林格伦还创作了许多作品：有描绘瑞典乡村生活的《吵闹村的孩子》，有讲述梦想成为名侦探的少年的冒险故事的《大侦探小卡莱》。此外她还凭借《小小流浪汉》一书获得了国际安徒生奖。她的每部作品都能贴近孩子们的心，暖人心怀。

发表时间：：：1945年

国家：：：瑞典

作者：：：阿斯特丽德·林格伦

汤米和安妮卡
住在皮皮隔壁的兄妹。懂礼貌，心地善良。很快就和皮皮成了好朋友。

纳尔逊
皮皮的同伴，一只小猴子。穿着绿色的夹克和蓝色的裤子，戴着一顶草帽。

皮皮
世界上最强大的女孩。天真烂漫，精力十足，善于打破常规。将胡萝卜色头发编成两根麻花辫，穿着两只颜色不同的长袜子。

父亲在海上遇险，皮皮变得孤苦无依，于是带着小猴子纳尔逊来到威勒库拉庄。

威勒库拉庄

搬到威勒库拉庄的皮皮认识了汤米和安妮卡。

皮皮把遭遇海难的父亲想象成……

爸爸肯定在南边的小岛上当了国王！

要乐观！

三人发现了一棵巨大的树，将其作为秘密基地。

糟了！

皮皮连暴躁的公牛都能驾驭。

警察想要把皮皮送去"儿童之家"，却被皮皮用连珠妙语"击退"了。

31

纳尼亚传奇

这是一部由七卷组成的长篇幻想小说。在第一卷狮子、女巫与魔衣橱中，主人公把衣橱里的毛皮外套推开，拉开了这个宏大故事的序幕。

作品简介 这是一部以不同时代的纳尼亚王国为背景的小说，纳尼亚可以说是人类内心善与恶斗争的象征。七卷的故事各自独立，但故事的发生地是相同的。不过，各卷的出版顺序与故事的时间顺序不一致。原本作者只打算出版《狮子、女巫与魔衣橱》，但由于读者反响热烈，作者便创作了一系列故事。

故事梗概 孩子们往返于现实世界与狮子阿斯兰创造的幻想世界纳尼亚，完成了各自的使命。在《狮子、女巫与魔衣橱》中，四个孩子来到乡下的老屋，发现了一个通往纳尼亚王国的衣橱。由于白女巫的诅咒，那里永远都是白雪皑皑的冬天。孩子们与阿斯兰一起战胜了白女巫。

精彩之处 纳尼亚的居民很神奇，有会说话的动物、长着山羊蹄子的羊怪、半人半马的怪物……不过，看完这个故事，你会感觉纳尼亚与那里的居民都是真实存在的。

作者 ⋯⋯ C. S. 刘易斯
国家 ⋯⋯ 英国
发表时间 ⋯⋯ 1950—1956年

彼得 佩文西家四个孩子中最年长的，是四个孩子中的领袖。沉稳冷静，坚韧不拔。即使是弟弟犯了错，也会不留情面地严厉斥责。

苏珊 大女儿，认真谨慎。主张离开谜团重重的纳尼亚，早点儿回家。

露西 小女儿。感情细腻，聪明伶俐。因为好奇心强，最先进入衣橱，成为兄弟姐妹中第一个来到纳尼亚的人。

埃德蒙 次子。聪明机智，但有时爱讽刺人。讨厌被哥哥彼得训斥，有反抗心理。

* 这四个人物并非每卷都出场。

巨人

羊怪

半人马

小矮人

纳尼亚有许多会说话的动物和传说中的人物。

全七卷的故事按照时间顺序排列是这样的：

找到人类的孩子就给我带过来！

几百年后　《魔法师的外甥》（第六卷）

《狮子、女巫与魔衣橱》（第一卷）

几十年之后

海狸夫妇

C.S. 刘易斯

C.S. 刘易斯和《魔戒》的作者托尔金是好朋友。

（1898—1963）

《能言马与男孩》（第五卷）

如果违抗白女巫的命令，就会被金色权杖变成石像。

几百年后

白女巫

雷佩契普

《凯斯宾王子》（第二卷）

向右开的门

3年后

我给你们点儿好东西！

这里的时间会以比现实世界快几倍甚至几千倍的速度流逝。所以就算在纳尼亚待上几十年，现实世界的时间也几乎不会流逝。

衣橱里面

《黎明踏浪号》（第三卷）

约70年后

圣诞老人

有很多种去纳尼亚的方法

哇‼

羊怪图姆纳斯

箭无虚发

《银椅》（第四卷）

约100年后

《最后一战》（第七卷）

埃德蒙

彼得拿着剑和盾牌。

埃德蒙此时因为点心被骗到了女巫那里。

苏珊拿着弓箭和牛角号。

哇！

露西拿着万能药水和匕首。

只要滴两三滴，伤口就能马上愈合。

树

纳尼亚之王阿斯兰

087

32

查理和巧克力工厂

五个孩子受邀参观巨大的梦幻般的巧克力工厂。不过，工厂里发生了很多事情……这是一部充满辛辣讽刺意味的奇幻小说。

作品简介 罗尔德·达尔创作了许多带有讽刺意味、黑色幽默以及奇幻色彩的小说，这部作品是他的代表作。《威利·旺卡和巧克力工厂》（1971年）和《查理和巧克力工厂》（2005年）这两部电影均改编自本书。

故事梗概 威利·旺卡先生拥有全世界最大、最负盛名的巧克力工厂。然而外面的人从没见过工厂内的样子。终于有一天，五个孩子获得了参观工厂的机会。幸运的是，查理是其中之一，他和祖父一起参观了旺卡先生的工厂。和查理一起被邀请的其他四个孩子最终……

精彩之处 主人公查理虽是一个富有责任感的好少年，但在这个故事中似乎成了其他四个孩子的陪衬。作品着重刻画了其他四个孩子及其父母的滑稽可笑之处，透露出深刻的讽刺意味。

其他四个孩子是：贪吃的奥古斯塔斯·格卢普，电视迷迈克·蒂维，因父亲成功创办花生厂一跃成为有钱人而变得骄蛮任性的维鲁卡·索尔特，以及无时无刻不在嚼口香糖的维奥莉特·博雷加德。此外，巧克力工厂的主人——威利·旺卡也是个非常古怪的人，孩子们一个接一个吃尽了苦头，他却一点儿也不担心，反而认为孩子们付出代价是理所当然的。相信大家读了这个故事后，会获得一些启迪。

作者 ∶ 罗尔德·达尔

国家 ∶ 英国

发表时间 ∶ 1964年

查理·巴克特
在祖父母和父母的呵护下长大的少年，家境贫寒。每次过生日，都期待家人送一块旺卡巧克力作为礼物。

威利·旺卡
巧克力工厂的主人。头戴高顶礼帽，身穿燕尾服，打扮得很奇特。即使看到孩子们吃尽苦头也毫不担心，反而捧腹大笑。是个非常古怪的人。

新闻一出，为了得到幸运金券，全世界的孩子都疯狂抢购旺卡巧克力。

抽到旺卡特制巧克力金券的五个孩子将参观我的工厂！他们将了解工厂里的一切奥秘。

他们还会获得一份特殊礼物，那就是足够享用终生的巧克力和糖果！

威利·旺卡的工厂是世界上最大的巧克力工厂，但从来没有人进去参观过，非常神秘……

我们的查理一年只能得到一块巧克力，没什么希望。

抽不中金券也没关系。大家一起吃巧克力吧！

家境贫寒、希望渺茫的查理竟奇迹般地得到了金券！

罗尔德·达尔
作品多为短篇小说，因语言通俗易懂，常被选入教材。
(1916—1990)

得到金券的五个孩子

我要一个奥帕-伦帕人！爸爸，给我买！

我要吃巧克力！

可爱的孩子们，欢迎来到我的巧克力工厂！

这块口香糖已经嚼了3个多月了！打破世界纪录了！

维奥莉特·博雷加德，喜欢嚼口香糖，经常搞恶作剧。

维鲁卡·索尔特，刁蛮任性的千金小姐。得不到想要的东西决不罢休。

我喜欢电影里机枪胡乱扫射的场面。

奥古斯塔斯·格卢普，十足的贪吃鬼，每天狂吃巧克力。

迈克·蒂维，整日沉迷于电视。

还有查理以及陪伴他的祖父。

奥帕-伦帕人，在旺卡巧克力工厂里工作的矮人。

这是一座既甜蜜又可怕的工厂！为何这四个孩子会吃尽苦头？查理又会怎样呢？

究竟是谁把女儿变成被宠坏的孩子？

每天盯着电视看，像个电视人。

太不像话了！只知道嚼口香糖，前途渺茫……

这个大胖子贪吃不要命！

以前的孩子很喜欢看书！

本书还有续篇《查理和玻璃大升降机》。

33 毛毛

这个故事能够让读者想起那些令他们活出本真的、重要的却又容易被遗忘的东西。

为了从时间窃贼手中夺回大家的时间，毛毛和同伴们挺身而出。

作品简介

这是德国作家米切尔·恩德出版于1973年的作品。

不仅故事本身，书中的黑白插画也是作者自己创作的。

作品讲述的虽然是一个充满幻想色彩的故事，但是其中蕴含了许多对现代人而言内涵深刻的人生哲理，是一部深得大人和孩子喜爱的佳作。

故事梗概

小女孩毛毛住在郊外圆形剧场的废墟里。没有亲人的她，在街上的同伴们的帮助下，过着贫穷而快乐的生活。

一天，城里来了一群灰先生。他们的真实身份是时间窃贼，大家的时间都被他们偷走了。灰先生试图捉住妨碍他们行动的毛毛。不过毛毛很快就来到了被称作"时间源头"的奇异世界。知晓了时间的秘密的毛毛，为了夺回被偷走的时间和同伴们挺身而出。

精彩之处

主人公毛毛想象力十分丰富，有着别人没有的特殊能力——全神贯注听别人讲话这种看似人人都具备的能力。仅仅凭借这种能力，她就能不可思议地让大家重拾自信、摆脱烦恼。

作品中人物之间富有哲学意味的对话，也可看作是对读者的提问。这是一部能提醒我们思考人生的作品。

作者
米切尔·恩德

国家
德国

成书时间
1973年

侯拉师傅
"无处楼"的主人。通过解谜的方式告诉毛毛时间究竟是什么。

贝波
清扫道路的老人。被视为怪人，但其实深谋远虑，认为"就算很慢也要脚踏实地"这一点非常重要。

吉吉
能说善道的年轻人。做着类似于导游的工作，但为游客讲解时基本都信口胡诌。

毛毛
住在郊外圆形剧场废墟中的女孩。特别善于听别人讲话。为了夺回被时间窃贼偷走的时间，开始了冒险之旅。

这里虽然现在成了一片废墟，但以前曾有各种各样的戏剧上演，无数观众蜂拥而至。

毛毛住在圆形剧场的废墟里。

好棒的地方啊！

大家都会来这里倾诉烦恼，不管是大人还是金丝雀！

……

嗯嗯。

叽叽喳喳

默默珊，你觉得那是什么？

现在的圆形剧场成了附近孩子们的游乐园。

船长，有怪物！

航海游戏

来了一群奇怪的人……

毛毛是个流浪儿，穿着满是补丁的衣服，总是光着脚丫。

毛毛特别善于听别人讲话。人们只要向毛毛诉说烦恼，问题就能得到解决。

灰先生

为了不可告人的目的，悄悄出现在人们生活中的神秘人。

时间节约 时间 时间 储蓄

他们真正的目的是从人们手中夺走时间。夺走的时间会被存在"时间储蓄银行"里。这又是为什么呢？

……

时间王国

在卡西欧佩亚的引导下，毛毛来到了侯拉师傅的"无处楼"，从侯拉师傅那里得知了时间的秘密……

我叫比比格尔，是属于你的！

我还想要更多东西……

大家都很羡慕你呢！

灰先生把魔爪伸向了毛毛，送给毛毛一个奇特的洋娃娃。

好多钟表啊！

被灰先生追赶的毛毛和乌龟卡西欧佩亚在"从没巷"里，走得越慢反而移动得越快。

明明很慢却风驰电掣！

嗖嗖——嗖

动力十足，却怎么都追不上！

34

西顿动物文学作品

在大自然中顽强生存的野生动物。

这是经久不衰的动物文学杰作，用通俗易懂的语言描写了

作品简介 作者西顿热爱动物，他以在大自然中的观察和体验为基础，生动形象地描绘了各种各样的动物。作为在世界上享有盛誉的动物文学作品，西顿的动物文学作品呈现了野生动物生命的光辉与无常。

作者简介 欧内斯特·汤普森·西顿被誉为动物文学的先驱。西顿从小生活在因自然风光而闻名的加拿大，有许多与动物接触的机会。这些经历为西顿动物文学作品的创作打下了基础。另外，身为画家的西顿还亲自创作了动物插画。

故事梗概 《狼王洛波》是西顿最有名的动物小说之一，描写了拥有非凡智慧和力量的狼王洛波与想要捕获它的猎人之间的较量；《孤熊华普的一生》描写了一头成为森林之王的熊的孤独一生；《田野主人豁豁耳》讲述了一只被蛇咬后耳朵变成锯齿状的兔子的故事；《公鹿的脚印》描写的是人与鹿之间的斗争……

精彩之处 西顿的动物小说塑造了各种各样的动物形象，但作者并不仅仅描绘每种动物的特征。为了让读者体会到动物是如何感受、如何生存的，作者进行了生动逼真的描写。"动物是人类的好伙伴"，作品中的每个故事都向我们传递了这样的信息。请通过阅读感受一下吧！

国家 …… 加拿大

作者 …… 欧内斯特·汤普森·西顿

发表时间 …… 1894—1912年

公鹿 ——
一只很美的公鹿。在拓荒者中声名远播。充满智慧，温柔善良。

西顿 ——
既是作者也是故事的主人公。遇到了许多独特的动物，基于自己的经历创作了一系列作品。

洛波 ——
率领狼群的狼王。拥有能拖动野牛的力量与洞穿陷阱的智慧。因为太难对付，让猎人最终放弃了捕捉。妻子布兰卡是一头白狼。

豁豁耳 ——
住在沼泽边的棉尾兔。因为耳朵被蛇咬成了锯齿状，所以叫"豁豁耳"。

华普 ——
一只灰熊。自小失去父母，一直孤独地生活。长大后体格庞大、力大无穷，成了森林之王，但总是十分落寞。

西顿动物文学代表作品

西顿动物文学作品是西顿基于亲身体验与见闻创作的。

《狼王洛波》

收到一封委托自己抓捕洛波的信后，西顿开始追踪洛波。但聪明的狼让他陷入苦战。洛波能够识破陷阱，西顿为此非常头疼。后来他得知洛波的软肋是它的妻子布兰卡……

这头狼怎么这么聪明！

《狼王洛波》讲述的是一个真实的故事。经历了这件事后，西顿发誓不再伤害动物。

洛波是一头真实存在的狼，拥有非凡的力量和超人的智慧。西顿为了捕获它而移居美国，之后便创作了包括《狼王洛波》在内的一系列动物文学作品。

《公鹿的脚印》

你为什么要伤害我？

最佳时机就是现在，开枪，快开枪！

西顿一直在追踪一只拓荒者们都听说过的公鹿。在追踪的过程中，西顿看到了它的智慧与善良。西顿终于迎来了猎杀它的最佳时机，他将如何抉择呢？

《田野主人豁豁耳》

这部作品讲述了一对住在沼泽边的棉尾兔母子的故事。有一天，小兔的耳朵被蛇咬成了锯齿状，小兔因此成了"豁豁耳"。这只小兔从母亲那里学到了生存经验，逐渐成长为一只优秀的棉尾兔。

《孤熊华普的一生》

这只灰熊因为小时候父母被猎人杀害，一直独自生活。长大后的它体格庞大、力大无穷，成了落基山脉的王者。

魔戒地图纵览

这部奇幻文学作品讲述了一群人为了彻底消灭冥王不断冒险，最终成功毁掉魔戒的故事。循着地图一起来看看弗罗多与同伴们的旅程吧。

灰港

霍比特人村

布里村

莫瑞亚

艾辛格

圣盔谷

弗罗多

山姆

皮聘

梅里

甘道夫

阿拉贡

金雳

博罗米尔

莱戈拉斯

N

罗斯洛立安 （黄金森林）

幽暗密林

帕斯嘉兰

瑞文戴尔

法贡森林

伊敏·穆尔山

黑门

末日火山

埃多拉斯

伊希立安

西力斯昂哥

米那斯提力斯

名著中的神奇食物

要不要尝一口？

名著中人物吃的点心、喝的饮料，有的可能在我们身边随处可见，有的可能来自遥远的国度，还有的可能在现实生活中并不存在，只是作者想象的产物……

《爱丽丝梦游仙境》

爱丽丝喝的果汁

散发出一种樱桃蛋挞、蛋奶冻、菠萝、烤火鸡、牛奶糖与刚烤好的黄油吐司混合的香味。

爱丽丝虽然发现了那扇小门，但门太小了，她实在进不去。这时，她发现桌上有一个小瓶子，瓶子的标签上写着"喝掉我"。爱丽丝确认瓶子上没有"毒"字之后，一口气喝光了瓶子里的果汁。之后，爱丽丝开始迅速缩小，身高缩到 25 厘米。

从来没有尝过的味道！

喝掉我

《我爸爸的小飞龙》

艾尔默的粉色棒棒糖

棒棒糖太好吃了，好吃到我甚至惹了艾尔默。

在动物岛上，被各种动物围追堵截的小男孩艾尔默运用他的聪明才智，利用帆布包里的东西找到了被关押的小飞龙。有一次艾尔默要过河，他发现鳄鱼喜欢粉色棒棒糖，便利用棒棒糖找到了过河的办法。

皮皮的姜汁饼干

我在阳台上准备好了咖啡，打算与汤米、安妮卡一起享用。

有一天，汤米和安妮卡去拜访皮皮。皮皮正在和面，面团铺满了厨房的桌面，原来她打算做 500 块姜汁饼干。皮皮用心形模具压面团，然后把心形面团放到烤盘上，再把烤盘放进烤箱。皮皮做饼干动作十分麻利，这个场景看上去就像电影里的快进镜头。

《小妇人》

艾美的腌酸橙

酸酸甜甜的味道一定能俘获你的心！

艾美的学校里流行用腌酸橙交换别的东西，或者轮流请大家吃腌酸橙。艾美也偷偷地把腌酸橙带到学校，但不小心被戴维斯老师发现，当着同学的面被罚了。艾美羞愧难当，从那天起就不愿去上学了。对艾美来说，这是承载着些许苦涩记忆的零食。

腌酸橙爽口多汁，特别好吃。上课的时候都想舔一舔呢！

古利和古拉的
金黄色蛋糕

超大的蛋糕，大家都能吃得饱饱的！

从早吃到晚都吃不完的大蛋糕烤好了！

一个巨大的鸡蛋落在了森林里，非常喜欢做料理的古利和古拉用它做了个蛋糕。他们先把鸡蛋磕破（因为蛋壳太硬，所以是用石头砸开的），然后把鸡蛋、白糖、牛奶和小麦粉倒在碗里搅拌，再将碗里的东西倒在锅里，点火。他们一边等待一边唱歌，金黄色蛋糕很快就烤好啦！

"哈利·波特"系列

伯蒂·博茨的
怪味糖豆

魔法界的软糖，从巧克力味、橘皮果酱味到猪肝味一应俱全。哈利·波特和后来成为他的好朋友的罗恩在霍格沃茨特快列车上分享过。千奇百怪的口味让罗恩忍不住感叹："怪味糖豆真是什么口味都有！"邓布利多校长因为年轻时吃过一颗味道奇特的糖豆，从那时起便对这种零食敬而远之了。

口味多种多样，只有吃到嘴里才知道是什么味道的，才有意思啦！

EVERY FLAVOUR BEANS

《海蒂》

海蒂吃过的松软白面包

白面包是口感细腻的软面包，黑面包是口感粗糙的硬面包。海蒂离开了阿尔卑斯山区，来到法兰克福的克拉拉的家中生活。白面包松软的口感让第一次吃到它的海蒂惊讶不已。她想把白面包带给牙口不好的老奶奶吃，于是把白面包偷偷攒了起来。

> 特别松软，牙口不好的老奶奶也可以吃。

让人赞不绝口的自制烤饼！

> 我擅长烘焙。我亲手做的烤饼汤姆很爱吃！

汤姆的午夜花园

格温姨妈亲手做的烤饼

暑假，生病的汤姆不情不愿地住进了阿伦姨夫与格温姨妈的家。能让汤姆高兴起来的就是格温姨妈亲手做的烤饼。烤饼上涂着自制草莓酱和打发的奶油。这样的美味让人一想起来连觉都睡不着！

名著中的建筑物

在名著中，除了人物，建筑物有时也发挥着重要的作用。我们来欣赏一下世界名著中令人印象深刻的建筑物吧！

西方传说中的巴别塔

人们为了接近神明建造此塔，但是在修建过程中被神明阻止了。

塔尖直插云霄

宫殿内有100多间房间最大的房间有几千米长

《冰雪女王》中的冰雪城堡

冰雪女王建造的城堡。城堡的墙壁是雪做的，窗户和门是风做的。

高约21米宽约36米

《罗生门》中的罗生门

日本历史上真实存在的平安京（现在的京都）的正门。故事中，一个年轻的仆人来到这座荒废的城门下。

《格列佛游记》中的勒皮他

格列佛来到一座名为"勒皮他"的飞岛，上面居住着一群科学家。飞岛依靠磁力移动。

厚度约275米
直径约7200米

世界上最大的巧克力工厂

《查理和巧克力工厂》中威利·旺卡的巧克力工厂

一座神秘的工厂。所有工人都被解雇了。

耸立山巅的雄伟城堡

"哈利·波特"系列中的霍格沃茨魔法学校

四位魔法师于993年创建了这所魔法学校。

总高96米
总宽48米
总长127米

《巴黎圣母院》中的圣母院大教堂

这座大教堂在巴黎市区真实存在。主人公卡西莫多是教堂内的敲钟人。

高约96米

《古事记》中的出云大社

出云大社初建时据说有96米高，是日本历史上的超高建筑。

高约12米

《埃涅阿斯纪》中的特洛伊木马

出现在古希腊神话中的木马。希腊士兵们就藏身于木马中。

占地面积约63,500平方米

《源氏物语》中的六条院

主人公源氏的宅邸。分为四个区域，分别象征春、夏、秋、冬四季。

35

莎士比亚戏剧

莎士比亚是全世界家喻户晓的剧作家。

他的作品在400多年后的今天仍然熠熠生辉，令无数读者为之倾倒。

英国剧作家
威廉·莎士比亚
（1564—1616）

有人说这是某位作家的笔名，也有人说这是多位剧作家共用的笔名。

由于中世纪以来的文学作品多将犹太人描写为反面人物，因此恶人夏洛克受到惩治的结局对当时的观众而言可谓皆大欢喜。

《威尼斯商人》

威尼斯商人安东尼奥为帮助朋友巴萨尼奥，从贪得无厌的犹太商人夏洛克那里借了高利贷……

许多画家都画过哈姆雷特的恋人——奥菲利娅死去的场景。其中较为有名的是19世纪英国画家密莱司的作品。

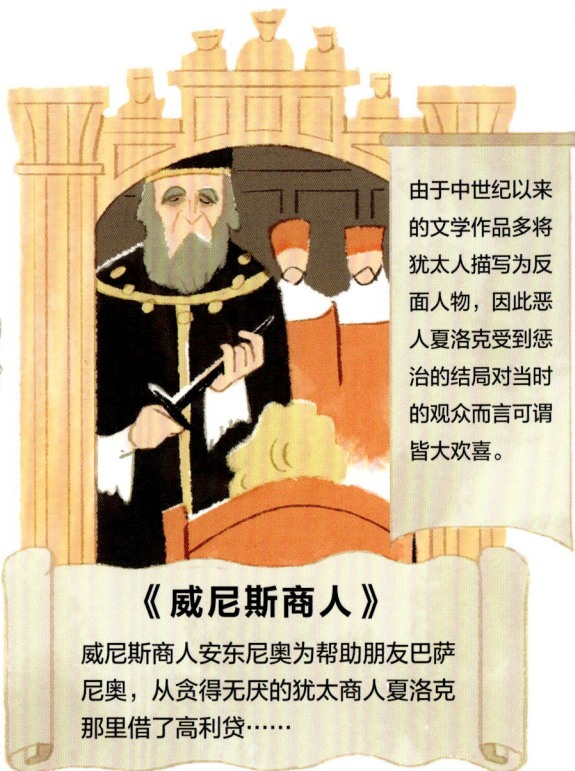

《哈姆雷特》

讲述了丹麦王子与篡夺其父亲王位、与其母亲结婚的叔父进行斗争的复仇故事。"生存还是毁灭，这是个问题"是哈姆雷特的经典台词。

篇幅最长的莎士比亚戏剧

发表时间 : 1590—1613年

国家 : 英国

作者 : 威廉·莎士比亚

作者简介 关于莎士比亚的生平，世人所知不多。由于史料缺乏，甚至有人猜测"莎士比亚"是某位作家的笔名或某一剧团多位剧作家共同使用的笔名。

莎士比亚的作品涉猎广泛，包含丰富的法律、历史知识，正因如此人们才有上文所说的猜想。

作品简介 莎士比亚的每部作品都堪称经典，其中最负盛名的当属被誉为"四大悲剧"的《哈姆雷特》《麦克白》《奥赛罗》和《李尔王》。与作者风格明快的早期作品不同，"四大悲剧"描写的是人与人之间的纠葛与人性的悲哀。虽然取材于历史或传说，但它们揭示了人类身上的永恒属性——迷茫。这让早已在历史剧和喜剧上赢得声誉

《李尔王》

李尔王将王位让给大女儿和二女儿后却被她们赶了出来。李尔王意识到一直被他冷漠对待的小女儿才是最爱他的。

在民间传说中，李尔王的结局是圆满的——李尔王的王位被小女儿继承了。

李尔王的原型是传说中的不列颠国王。

麦克白

在英国，有人相信只要在剧场内说"麦克白"，灾难就会从天而降。

《麦克白》在"四大悲剧"中篇幅最短。

《麦克白》

暗杀国王后登上王位的将军麦克白变成暴君，最终遭到暗杀。剧中的经典台词是三个女巫所说的"美即丑，丑即美"。

《奥赛罗》

将军奥赛罗遭到手下嫉恨，中了手下设下的奸计，误认为妻子苔丝德蒙娜对自己不忠。发狂的奥赛罗将妻子杀死后得知真相，自杀而亡。

摩尔人皮肤多为黑色或褐色。奥赛罗就是摩尔人。

关于作品名称的由来，说法颇多。有人说这是源于游戏"奥赛罗棋"，因为深肤色的奥赛罗和白人姑娘苔丝德蒙娜之间的纠葛像棋子一样令人眼花缭乱。

据说这是莎士比亚为一场贵族婚礼创作的助兴之作。

《仲夏夜之梦》

这部喜剧描写了仙王和王后发生争执时无辜受到牵连的两对男女，以及喜欢恶作剧的精灵、脑袋变成驴脑袋的织布工等众多角色。

的莎士比亚在文学史上地位更加巩固。

值得一提的是，莎士比亚著名的爱情悲剧《罗密欧与朱丽叶》几乎与"四大悲剧"写于同一时期，却未被列入"四大悲剧"。这是因为它以爱情为主题，而且相比而言，它包含较多的喜剧元素和文字游戏。

精彩之处 莎士比亚的作品中有很多戏剧特有的音韵和文字游戏。这些丰富的语言表达形式体现了作为诗人的莎士比亚对语言的精准把握和极致追求。为了原汁原味地再现其中的韵味，各国的译者们在翻译时下了极大的功夫。

读莎士比亚的作品时，不仅要关注故事本身，还要品味语言的独特魅力。

36

安徒生童话

安徒生是丹麦著名的儿童文学作家，创作了许多精彩的童话故事。

拇指姑娘

从绽放的花朵中出生的拇指姑娘被迫与鼹鼠结婚。婚礼当天，燕子把拇指姑娘从鼹鼠家救了出来……

安徒生

皇帝的新衣

皇帝穿着只有聪明人才能看见的神奇的新衣。其实皇帝只是赤裸着身子，但大家都不敢说出真相。这时，一个小孩大声说："他什么也没穿！"

据说，《卖火柴的小女孩》是安徒生以母亲少女时代的经历为基础创作的。

卖火柴的小女孩

一个寒冷的夜晚，卖火柴的小女孩饥寒交迫。她划着了火柴，在幻影中她看到了温暖的火炉、可口的美食，还有她最爱的外婆。

作者：安徒生

国家：丹麦

发表时间：1830—1873年

作者简介 安徒生出生于丹麦的一个贫困家庭。因此，他常常将自己童年时代的艰辛以及由此获得的各种人生感悟融入作品。安徒生的童话故事蕴含着深刻的人生哲理，成年人读后也能受到启发。

精彩之处 安徒生童话以民间故事为蓝本，至今仍备受孩子们的喜爱。《拇指姑娘》讲述了只有拇指一半大小的拇指姑娘在旅途中与各种各样的动物邂逅，最后与花之国的王子结婚的故事。

《丑小鸭》讲述了出生在鸭群中，因外表丑陋而被欺负的丑小鸭成长为美丽的白天鹅的故事。

丑小鸭因为外表与其他小鸭不同而被欺负，失去了活下去的信心。直到有一天，它在湖边迷路了，通过水面的倒影发现自己原来是一只白天鹅。

丑小鸭

一位性命垂危的中国皇帝想听夜莺唱歌，但人造的夜莺因为没上发条，无法发出声音。此时，真正的夜莺唱起了歌，听到歌声的皇帝……

夜莺

据说，《海的女儿》是安徒生根据自己失恋的经历创作的童话故事。它描写了一段因身份差异而无法结果的爱情。

一个偶然的机会，美人鱼救了一位王子并爱上了他。为此，她不惜做出巨大牺牲变成人，可如果得不到王子的爱，她就会化为泡沫……

海的女儿

不好了！

俄罗斯动画电影《冰雪女王》就是根据这个故事改编的，据说日本动画制作人宫崎骏也受到了这部电影的影响。

格尔达正在寻找被冰雪女王抓走的好朋友加伊。格尔达终于来到宫殿找到了加伊，她的眼泪融化了刺进加伊体内的魔镜碎片。

加伊！

冰雪女王

为了拯救被变成天鹅的哥哥们，艾丽莎日夜不停地编织长袖披甲。当人们怀疑她是巫婆并打算处决她时，变成天鹅的哥哥们及时赶到……

野天鹅

　　《海的女儿》讲述的是美人鱼爱上人类王子的故事。为了接近王子，美人鱼用自己美妙的声音作为交换条件，拥有了人的身体。但事与愿违，可怜的美人鱼最终化为泡沫。

　　《卖火柴的小女孩》讲述了一个贫穷的小女孩靠卖火柴维生，最终在火苗映照出的幸福幻想中死去的故事。

　　除此之外，还有许多广为流传的安徒生童话故事。如《野天鹅》讲述了公主帮助被继母变成天鹅的哥哥们变回人类的故事；《皇帝的新衣》讲述了国王被裁缝欺骗，赤身裸体走上大街的故事；《夜莺》讲述了一只夜莺用动人歌喉拯救皇帝的故事。

　　安徒生的童话故事还被改编成电影等，如美国动画电影《冰雪奇缘》就改编自《冰雪女王》。

37

格林童话

他们出版的童话故事集至今仍深受全世界读者喜爱。

身为学者的格林兄弟收集、整理了许多德国民间童话故事。

格林兄弟将民间童话故事的收集工作视为学术研究，未对故事内容进行较大的改动或删减，而尽力保持民间童话故事短小精悍的原始风貌。因此，格林童话受到不少批评——不仅语言晦涩难懂，还包含许多不适合儿童阅读的内容。

《莴苣姑娘》

"莴苣，莴苣，把你的长发垂下来吧！"
只见一头美丽的长发从既没有楼梯
也没有门的高塔上垂了下来。

作者：雅各布·格林、威廉·格林

国家：德国

发表时间：1812—1857年

作者简介 格林兄弟生活的时代，正逢德国风雨飘摇，虽然名义上还顶着"神圣罗马帝国"的光环，实际上国力衰弱，在法国大革命的影响下动荡不安。兄弟二人不希望德国的民间故事从此湮没无闻，萌生了收集民间童话的念头。

由于兄弟二人以严谨治学的态度对待民间童话，这部童话故事集更像学术著作，1812年出版时销量并不理想。1837年第三版面世后，它终于开始畅销，如今已有多种语言的译本，经久不衰。

精彩之处 《格林童话》收录了约210篇童话，这些故事生动有趣，寓意深刻。你一定听说过《糖果屋》和《莴苣姑娘》吧！灰姑娘的故事也家喻户晓。

《糖果屋》

被丢弃到森林中的兄妹二人四处游荡，
忽然发现了一间糖果屋。
"我要吃一小块房顶。格莱特，你可以吃窗户，
它的味道肯定美极了、甜极了。"

格林童话

《青蛙王子》

公主的金球掉进了池塘，
而帮助公主的青蛙实际上是被
女巫诅咒的王子。

《风雪婆婆》

饱受继母虐待的少女为捞出纺锤
跳到井里。井里是风雪婆婆的世界。

《灰姑娘》

为了不被恶毒的继母发现，
着急回家的灰姑娘只好将舞鞋留在了王子
特意安排的黏糊糊的楼梯上。

　　不过，格林童话里的《灰姑娘》与我们熟知的辛德瑞拉的故事有许多不同之处。格林童话中帮助灰姑娘的并不是仙女和精灵，而是小鸟。而且，王子为拿到灰姑娘的鞋提前做了准备，恶毒的继母和她的两个女儿最终受到了严厉的惩罚。

　　在《莴苣姑娘》中，莴苣姑娘利用长发偷偷与王子会面的事情暴露后，魔女剪断了她的长发。在《青蛙王子》中，小公主本来很讨厌青蛙，但因接受过青蛙的帮助，于是和他一起生活。在《风雪婆婆》中，漂亮又勤劳的姐姐努力工作得到了金子，而同样想得到金子的懒妹妹，最后只得到一辈子也擦不干净的黏稠的沥青。

38

伊哈托布童话

这部作品集描绘了一个以宫泽贤治心中的理想乡——伊哈托布为背景的独特世界。作者为弱势群体发声，在不断追寻真正幸福的过程中创作的这些童话故事，得到了许多孩子乃至大人的喜爱。

国家 作者

日本 宫泽贤治

发表时间 1924年

宫泽贤治的这些故事，都是在树林田野与铁路线路之间写成的，是来自彩虹和月光的礼物。他将自己在大自然中的体验和感受编成一个个故事。因此，作品中出现了很多动物和植物。

奥茨贝尔与大象

月亮建议大象写一封求救信，大象的命运就此迎来转机。

咚咚 咚咚

作者简介 宫泽贤治以日本岩手县花卷市为原型，虚构出一个心目中的理想乡——伊哈托布，并以此为背景创作了许多童话故事。

宫泽贤治一直致力于帮扶贫苦农民，深入农村开办农业讲习所，创办农民协会，是一个对乡土怀有深厚感情的人。他从小就喜欢收集矿石，因此他的作品中常常出现与矿石有关的场景，如《银河铁道之夜》中的"新世海岸"等。

精彩之处 作者创作了很多以人与动物共生为主题的故事，如在《滑床山的熊》中塑造了一个为了生存不得不猎杀熊的猎人的形象。

《大提琴手高修》讲述了不太擅长演奏大提琴的高修，在与三花猫、布谷鸟、野鼠母子等动物的接触中不断成长的故事。

在《要求太多的餐馆》中，两名猎人在山里发现了一座挂着"西餐厅山猫轩"招牌的西式房子。两人走进餐馆，发现面前有各种各样不可思议的招牌。这其实是一家由山猫经营的餐馆。

在《奥茨贝尔与大象》中，一群大象为了解救被臭名昭著的农场主奥茨贝尔骗走的同伴，一边发出叫声，一边勇敢地前进。

《山梨》是以生活在河底的两只螃蟹的视角描写生物世界的童话故事。故事中描写螃蟹笑声的拟声词"咔噗咔噗"为宫泽贤治所独创，旨在衬托河水的明澈。

《夜鹰之星》讲述了被同类排挤的夜鹰最终变成耀眼星星的故事。

通过思维导图解读日本民间传说

右边这些日本民间传说，情节是不是很相似？我们试着一边回忆这些传说的情节，一边画一张思维导图吧。

作品名称

- 《桃太郎》
- 《浦岛太郎》
- 《一寸法师》
- 《饭团子咕噜噜转》
- 《仙鹤报恩》

开篇

主人公出场

遭难

主人公或与其关系密切的人遇到了灾祸

出发

主人公启程

帮助

主人公做出帮助别人或施与物品等善举

模仿导致的失败

其他人物在欲望的驱使下模仿主人公，最终失败

获得

主人公获得特殊的物品

变化

主人公的外貌或性格发生变化

胜利

主人公战胜敌人

结局

在大多数作品中，主人公或与心仪的对象结婚，或成为人人羡慕的富翁——总之过上了幸福的生活

以物为切入点解读名著

名著中有各种各样的物，如食物、动物、交通工具等。我们可以以物为切入点来解读作品。

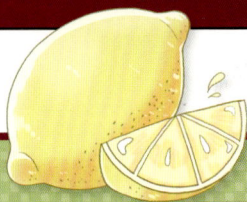

柠檬

《柠檬》
梶井基次郎

▶ 柠檬会爆炸吗?!

闷闷不乐的"我"买了一个柠檬。然后"我"来到一家书店，把柠檬放在堆得像小山一样的画册上。"我"把柠檬想象成炸弹，想象它爆炸的样子。

《柠檬哀歌》
高村光太郎

▶ 柠檬是生命之光

作者深爱的妻子智惠子在临终之时想吃柠檬。在智惠子"咯吱"一声咬下去的瞬间，作者仿佛看到了她闪耀的生命之光。

《黑猫》
爱伦·坡

▶ 黑猫是"恶"的化身

主人公杀死了自己养的黑猫，却被一只与它几乎一模一样的黑猫逼得走投无路，最终杀死了自己的妻子。这只猫代表了人性的阴暗面。

《我是猫》
夏目漱石

▶ 猫观察着人类世界

一只没有名字、自称"咱家"的猫一边观察人类，一边发表仿佛看破世事般的感想。小说从猫的视角展现了人类世界的滑稽可笑。

《猫与庄造与两个女人》
谷崎润一郎

▶ 猫牵动着人与人之间的关系

小说描写了以一只猫为中心的三个人之间的关系。

猫

船

《老人与海》
欧内斯特·海明威

▶ **小小的渔船是老人的武器**

本书讲述了孤身一人出海打鱼的老人在小小的渔船上与一条巨大的马林鱼搏斗并最终战胜它的故事。在老人返回的途中，许多鲨鱼前来抢夺马林鱼，老人奋力保卫他的战果……

《伊豆的舞女》
川端康成

▶ **船是分别的舞台**

只身前往伊豆旅行的"我"偶遇了流浪舞女，并对她产生了爱慕之情。即将与舞女分别的"我"站在轮船的甲板上朝她挥手。

《蟹工船》
小林多喜二

▶ **蟹工船鼓舞着劳动者**

北方的海上，加工螃蟹的劳工们由于繁重的劳动一一倒下。最终，劳工们团结一心，为争取自己的权利进行了顽强的斗争。

《十五少年漂流记》
儒勒·凡尔纳

▶ **少年们在船上获得了成长**

15位少年乘坐的帆船在海上遭遇风暴，最后他们漂流到了一座荒岛上。

《高濑舟》
森鸥外

▶ **高濑舟静候着罪犯的审判**

高濑舟上有一个被判处流放远岛的名叫喜助的罪人。但不知为何，喜助一副悠然自得的模样。押送的差役觉得奇怪，于是询问喜助原因。

《金银岛》
罗伯特·史蒂文森

▶ **乘船前往金银岛**

吉姆得到了金银岛的藏宝图，于是与一群大人乘船去岛上探险，不料那艘船上混入了一伙假扮成水手的海盗。

跟着名著去旅行

《杰克与魔豆》

作品名

为了幸福

爬上魔豆藤

对自己体力有信心的人一定要参加。

《海蒂》

作品名

去阿尔卑斯山下

体验海蒂的乡村生活

干草做的床，山羊奶搭配面包的早餐，这些都是缓解压力的良方。

《绿野仙踪》

作品名

始于美国堪萨斯州的冒险

绿野仙踪之旅

乘着龙卷风能到达何处呢？这是一段超级刺激的旅程！

《白鲸》

作品名

从美国出发环游太平洋

观察白鲸

命运掌握在自己的手里？鼓起勇气向着怒涛前进吧！

名著旅行团

火热报名中！

《彼得·潘》

作品名

永远不会老！

永无岛之旅

从伦敦出发，不到三小时就可以到达。居然如此之近？

出发！

穿衣服的兔子从你身边跑过时，千万不要放过！

旅行时长恰好是80天。按照自己的计划挑战80天环游世界的任务吧！

你是否也想跟着名著的主人公来一场说走就走的旅行呢？我们为你安排了多条旅行路线。你想报名参加哪个旅行团呢？

在作者安徒生的故乡尝试人鱼式潜水。

人多力量大。至于拔出的萝卜嘛，当然可以带回家啦！

去俄罗斯体验
拔大萝卜

交通工具是海龟。坐在龟背上，向海底进发！

作品名
《浦岛太郎》

从日本进入海底
浦岛太郎龙宫游

从丹麦进入海底
体验美人鱼的水下生活

作品名
《海的女儿》

作品名
《苏和的白马》

在辽阔的草原上
纵马奔驰

作品名
《拔萝卜》

不仅可以与白马交朋友，还可以拉马头琴！

作品名
《西游记》

从中国到印度
体验西天取经之旅

从伦敦出发
八十天环游世界

作品名
《八十天环游地球》

这是一条沿途尽是高山峡谷的高难度路线。不过如果乘上筋斗云，瞬间就能到达目的地。

西行？东行？

作品名
《一千零一夜》

开启中亚冒险之旅
一千零一夜之旅

作品名
《十五少年漂流记》

从新西兰出发
体验荒岛冒险

作品名
《爱丽丝梦游仙境》

去爱丽丝误入的
奇幻国度旅行

从空中游览奇异的世界。有飞毯和木马这两种交通工具可选，路线也不相同呢！

旅行时间最长可定为两年，与小说中的时间相同。

名著的开篇语

◉一天清晨，格雷戈尔·萨姆萨从噩梦中醒来，发现躺在床上的自己竟然变成了一只巨大的、后背像甲壳一样坚硬的甲虫。他抬起头，看见自己呈棕色的肚子高高隆起，肚皮上有一块一块的弧形硬片。——《变形记》

◉那是一个昏暗的冬日，浓雾笼罩着伦敦的街道，好像夜幕已经降临。人们点起了灯火，商店的橱窗里灯光闪烁。只见一个装束古怪的小女孩同她父亲坐在一辆出租马车上，马车缓慢地行进着。——《小公主》

◉我的名字叫里梅尔·格列佛。我去过很多神奇的国度，也见过不少稀奇古怪的东西。我因为从小就梦想乘船到国外去，所以学了一些航海、数学和医学方面的知识，还十分擅长讲外语。——《格列佛游记》

◉那是最美好的时代，也是最糟糕的时代。——《双城记》

◉梅勒斯勃然大怒。——《奔跑吧，梅勒斯》

◉咱家是猫。名字嘛，还没有。你问我在哪里出生的？压根儿就搞不清！只记得好像在一个阴湿的地方不停地哭叫。——《我是猫》

◉我想把自己的工作变成一项神圣的事业。为此，我不断鞭答着自己那颗易变的心，尽可能地沿着笔直的大道来到光明的地方，努力在这里筑起自己的艺术宫殿。——《诞生的苦恼》

◉我因为继承了父母鲁莽的性格，所以从小就吃亏。上小学的时候，我从学校的二楼跳下去，闪了腰，结果一个星期都直不起腰来。——《哥儿》

◉说起禅智内供的鼻子，在池尾一带几乎无人不知、无人不晓。它足有五六寸长，从嘴的上边一直垂到下巴颏。整个鼻子上下一般粗细，如同一根细长的香肠从脸中央耷拉下来。——《鼻子》

◉李征，陇西人氏，学问渊博、才华出众，天宝末年，以弱冠之年高中进士，随即补江南尉。但他性情顽固，自视甚高，不满足于这一官职。——《山月记》

◉那时，在东京的大街小巷，人们一见面，哪怕只是问问天气、打个招呼，都会谈论起怪盗二十面相的传闻。——《怪盗二十面相》

名著的结束语

◉赶快写信告诉我：他又回来了…… ——《小王子》

◉帘幕能否再次升起，全看读者们对这部家庭故事剧《小妇人》的第一幕做何评价了。——《小妇人》

◉他死了。命运多舛但仍忍辱负重的他，在失去他的天使后永眠了。事情是自然而然发生的，就如同白日西沉、夜幕降临那样。——《悲惨世界》

◉尸体的头上就坐着那只可怕的畜生，它张开血盆大口，炯炯有神的独眼放着光。它捣鬼诱使我杀了人，如今又用叫声把我送到刽子手的手里。原来我把这怪物砌进墙里去了！——《黑猫》

◉我的死期即将到来。此后发生的一切将与我无关。现在，我写完了，当我将我的自白书封好，杰基尔博士的一生就此结束。——《化身博士》

◉兵十手中的火绳枪"哐当"一声掉在地上，枪口还冒着缕缕青烟。——《小狐狸阿权》

◉在路边的一间小屋里，老人又睡着了。老人脸朝下躺着，孩子坐在他身边，守着他。睡梦中，老人见到了狮子。——《老人与海》

◉咱家将要死去。唯有一死才能太平，不死是不可能太平的。南无阿弥陀佛、南无阿弥陀佛，真是可喜可贺啊。——《我是猫》

◉古往今来多少离合悲欢，都比不上发生在罗密欧与朱丽叶身上的爱情故事。——《罗密欧与朱丽叶》

◉在一个漆黑的、看不到星星的雨夜，有人看到海面上隐隐约约闪着红蜡烛的光。烛光渐渐升起，不知不觉地朝着神社的方向移去。没过几年，这个山脚下的小镇便荡然无存了。——《红蜡烛与美人鱼》

名著的结束语与开篇语同样重要，经典的结束语会带给读者余音绕梁的感觉。一起来欣赏那些令人回味无穷的名句吧。

名著中的经典推理类型

密室推理

海伦和姐姐朱莉娅、继父罗伊洛特一起生活。

一天夜里，海伦被姐姐朱莉娅的惨叫声惊醒。她冲进卧室，看到姐姐痛苦不堪。朱莉娅只说了一句"带斑点的绳子"就断气了。

朱莉娅是死于暴病，还是死于谋杀呢？

关键点

门窗都是反锁的，房间是一个密室。
深夜传来口哨声和金属撞击声。
房间有通气孔。
床边有条连接呼叫铃的绳子。

两年后，因为房间装修，海伦有了在姐姐的房间里睡觉的机会。

她听到了口哨声！

受海伦之托，名侦探夏洛克·福尔摩斯与助手华生赶到海伦家进行调查。

一走进房间，福尔摩斯就被通气孔和悬挂在床头连接呼叫铃的绳子吸引了。他发现呼叫铃是坏的，床被钉子固定住，无法移动。也许，绳子可以方便什么东西通过通气孔爬到床上来？他很快就想到了蛇，因为他知道海伦的继父罗伊洛特养了一些从印度运来的动物。

朱莉娅看到的"带斑点的绳子"其实是毒蛇。原来罗伊洛特为了侵吞继女朱莉娅的财产，设计让自己养的毒蛇咬死了她。不过，罗伊洛特最终被自己养的毒蛇咬死，也算罪有应得。

（出自柯南·道尔《斑点绳子案》）

作案工具推理

受害者被藏在暖瓶里的刀刺伤，刀却不翼而飞。人们发现暖瓶附近的石灰水十分混浊，于是断定刀是用干冰做的。

受害者被火绳枪击中身亡。经过调查，人们发现这是意外事故。原来，阳光透过窗玻璃照在玻璃瓶上发生折射，在火绳枪点火的位置聚焦，导致子弹发射。

乔装推理

宝石在受害者面前不翼而飞。原来，受害者的儿子是怪盗二十面相假扮的。

怪盗二十面相又化装成侦探，让受害者掉以轻心。

怪盗二十面相化装后的造型

二十面相精于乔装。一起来揭穿他那些让人意想不到的另类造型吧。

警察　　小丑

大蝙蝠　　魔术师

豹子　　透明人

邮筒

推理小说是以推理方式解开故事谜题的一类小说。优秀的推理小说在让读者得到艺术享受的同时，可以充分激发读者的想象力，锻炼读者的逻辑思维能力。一起看看名著中都有哪些经典推理类型吧！

不在场证明推理①

受害者被匕首击中，现场却不见凶手的踪迹。人们推断，作案者是坐在摩天轮上将匕首装在枪里射出的。

不在场证明推理②

起初，警方在调查时误认为尸体所在地就是犯罪现场。其实，尸体被放在货运列车的顶部，在列车行驶的过程中被甩了出去，所以才出现在铁路附近。

心理盲点推理

一封密信被人擅自拿走。警察搜遍犯罪嫌疑人的家却一无所获。侦探杜宾假装拜访，发现信插里有一封又脏又破的信。原来，改装后的密信被放在了最显眼却又最容易被人忽视的地方。

安乐椅推理

推理天才福尔摩斯没有亲临现场查看，仅仅通过当铺老板的描述和一则关于红发会的广告就推断出当铺的新伙计正在实施抢劫银行的犯罪计划。

有关夏洛克·福尔摩斯的小知识

● 福尔摩斯与小提琴

福尔摩斯擅长拉小提琴。一部作品曾写道，他拥有一把斯特拉迪瓦里小提琴。斯特拉迪瓦里小提琴价值大约600万元，真是奢侈品啊！

● 福尔摩斯迷的组织

"福学家"指的是那些喜爱夏洛克·福尔摩斯的人，全世界的"福学家"们还成立了自己的组织。

密码推理

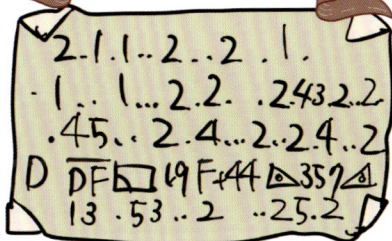

有位名叫伊齐多尔·博特莱的高中生侦探在对侠盗亚森·罗宾进行调查时，发现了一张写有数字和点的纸条。这张纸条到底藏着怎样的秘密呢？

因为没有大于5的数字，所以数字表示的应该是法语字母表里的5个元音字母。

对照着看就是

据此我们就能推断出单词！

接下来，假设这些点表示辅音字母（b、c、d等），纸条第二行第二个就是 Demoiselles（小姐们）。同理可推断出第五行为aiguille creuse（空心针）。然后以此为线索进行推断。

关键点 Demoiselles（小姐们）
aiguille creuse（空心针）

根据第五行aiguille creuse，博特莱从克勒兹省有着针一样屋顶的奇岩城中救出了被罗宾抓走的莱蒙德小姐等人。虽然密码看似已被破解，但这并非纸条的真正含义。此后，破解了纸条真正含义的博特莱与罗宾在奇岩城展开了最终的较量。
（出自莫里斯·勒布朗《空心岩柱》）

小学生看世界名著

本书详细介绍的作品

《我是猫》

《银河铁道之夜》

《奔跑吧，梅勒斯》

《一千零一夜》

《罗密欧与朱丽叶》

《堂吉诃德》

《美女与野兽》

《圣诞颂歌》

《三个火枪手》

《爱丽丝梦游仙境》

《海底两万里》

《金银岛》

《十五少年漂流记》

《小妇人》

《佛兰德斯的狗》

《汤姆·索亚历险记》

《海蒂》

《小公主》

《绿山墙的安妮》

《长腿叔叔》

《两个小洛特》

《了不起的盖茨比》

《麦田里的守望者》

《格列佛游记》

《绿野仙踪》

《尼尔斯骑鹅旅行记》

《杜利特医生非洲历险记》

《随风而来的玛丽阿姨》

《小王子》

《长袜子皮皮》

《纳尼亚传奇》

《查理和巧克力工厂》

《毛毛》

本书地图系原书插附地图

Meisaku Visual Zukan ① Sakuhinhen
© Gakken
First published in Japan 2019 by Gakken Plus Co., Ltd., Tokyo
Simplified Chinese translation rights arranged with Gakken Plus Co., Ltd.
through Shinwon Agency Co, Beijing Office
Simplified Chinese translation copyright © 2023 by Beijing Science and Technology Publishing Co., Ltd.

著作权合同登记号　图字：01-2022-2902
审图号：GS（2022）1067 号

图书在版编目（CIP）数据

小学生看世界名著.有这些作品！/ 日本学研编；韩涛译. —北京：北京科学技术出版社，2023.6
ISBN 978-7-5714-2944-7

Ⅰ.①小… Ⅱ.①日… ②韩… Ⅲ.①文学欣赏—世界—儿童读物 Ⅳ.①I106-49

中国国家版本馆 CIP 数据核字 (2023) 第 036358 号

策划编辑：徐盼盼		电　　话：0086-10-66135495（总编室）
责任编辑：代　艳		0086-10-66113227（发行部）
封面设计：沈学成		网　　址：www.bkydw.cn
图文制作：韩庆熙		印　　刷：北京博海升彩色印刷有限公司
责任印制：李　茗		开　　本：889 mm×1194 mm　1/16
出 版 人：曾庆宇		字　　数：164 千字
出版发行：北京科学技术出版社		印　　张：8
社　　址：北京西直门南大街 16 号		版　　次：2023 年 6 月第 1 版
邮政编码：100035		印　　次：2023 年 6 月第 1 次印刷
ISBN 978-7-5714-2944-7		
定　　价：108.00 元		